姫四郎流れ旅㈡
中仙道はぐれ鳥

笹沢左保

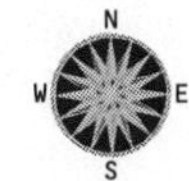

コスミック・時代文庫

この作品は、二〇一一年に小社より刊行された「姫四郎流れ旅 中仙道はぐれ鳥」を再編集したものです。

本書には今日では差別表現として好ましくない用語も使用されていますが、作品の時代背景および出典を尊重し、あえてそのまま掲載しています。

目次

水子(みずご)が騒ぐ追分宿(おいわけしゅく)

一

　荒っぽいというか大胆というか、無茶なことをやる辻強盗であった。真っ昼間の街道筋である。それも人気のない峠路とか、脇街道とかいうのではない。一般に、善光寺みちと呼ばれている北国街道だった。

　信州の追分から善光寺を経て、越後の高田へ抜ける北国街道であった。善光寺参りの人々を含めて、旅人の数は多い。しかも、五万三千石の御城下である上田の東一里、約四キロのところだった。

　時刻も五ツ、午前八時であれば当然、旅人の往来が激しい。春の日射しを浴びて、旅人たちも陽気になっている。こうしたところで辻強盗を働くなどとは、誰もが考えつかないことであった。

　それは、乞食も同然の身装りをした男であった。腰に長脇差を落としているが、渡世人ではない。住む土地もなく、流れ歩いている食いつめ者だった。場所も時刻も考慮せずに辻強盗を働く気になったのは、それだけ切羽つまっているということなのだろう。

男はいきなり西から来た旅人のひとりに、長脇差を突きつけた。その旅人は三十前後の商人（あきんど）らしい男であった。十七、八の娘が一緒だった。商家の旦那が、奉公人の下女をお供に連れているという感じである。

「財布も胴巻きも、そっくり頂こうじゃあねえかい」

流れ者が商人の頬（ほお）に、長脇差をぴたりと押しつけた。

商人は、顔色を失った。奉公人も立ちすくんだまま、声も出さずにいる。しかし、追い抜き、すれ違う旅人たちが、その光景に気づかないはずはない。足をとめた人々が、たちまち二、三十人にもなって大きな人垣を作った。

だが、はらはらしながらも、手出しをする者はいなかった。見物人でいるほかはないのだ。長脇差を持った流れ者がいかに凶暴で、何をするかわからないということを、誰もが知っているのである。

「さっさと、出さねえかい！」

流れ者が、大声で威嚇（いかく）した。

「は、はい」

三十前後の商人は慌（あわ）てて、腹に両手を差し入れると胴巻きを抜き取った。なかなかの美男子であるだけに、その脅（おび）えようが気の毒であった。

「五十両は、呑んでいそうだな」

胴巻きを手にして、その重さとふくらみようから察したらしく、流れ者は目をギラギラさせた。

「どうか、お許しを……」

商人が、両手を合わせた。

「しばらくは動けねえように、これで勘弁してやらあ」

流れ者はそう言って次の瞬間、長脇差を振りおろしていた。野次馬たちが、声を発した。

「ぎゃっ！」

商人が、大きくよろけた。

流れ者は商人の太腿（ふともも）に、長脇差を叩きつけたのである。尻餅（しりもち）をついた商人の左の太腿が真っ赤に染まり、流れた血が乾いた路上に黒いシミを作った。

「旦那さま！」
十七、八の下女らしい娘が、商人の上体を支えた。
流れ者は主従に背を向けると、長脇差を振り回しながら歩き出した。野次馬を、追い散らすためであった。人々はわれ先にと逃げ散り、人垣が大きく割れた。その割れ目を通り抜けようとして、流れ者はギクリと足をとめた。

人垣の割れ目に、ひとりだけ残った男が突っ立っていたのである。背の高い渡世人で、胸高に腕を組んでいる。流れ者の行く手を塞いで、渡世人は黙然と立っていた。とにかく長身で、痩せている渡世人だった。

三度笠をかぶり、黒地に白い細縞の道中合羽を引き回している。三度笠も道中合羽も、かなり薄汚れていた。黒の手甲脚絆に、草鞋ばきである。朱塗りの鞘を、鉄環と鉄鐺で固めた長脇差を腰にしている。

「野郎、のきやがれ！」

流れ者が、怒声を張り上げた。渡世人は返事をしなかった。黙って、三度笠をはずした。二十七、八の男の顔が現われた。渡世人は、ニヤリとした。日焼けがしみついたような色の浅黒い顔に、歯が白かった。

月代が、伸びている。遠くを見るように澄んだ目をしていて、珍しいくらいに睫毛が長い。鋭角的に鼻が高く、唇は薄めであった。面長で、顎がやや しゃくれ気味である。冷たい感じなのに、どことなく甘い顔だった。変わった印象の色男なのだ。

人々は渡世人の右手に、更に変わったものを見た。数珠である。

渡世人の右の手首に、数珠を二重に巻きつけているのだった。直径二センチの銅製の大珠が五十四個の、一連の数珠であった。

「あの渡世人、乙姫(おとひめ)さんに違いない」

「乙姫……？」

「乙井(おとい)の姫四郎(ひめしろう)で、呼び名が乙姫さ」

「右手に数珠を巻いているのは、何のまじないかね」

「数珠を巻いた右手では、何がどうあろうと長脇差を抜かない。長脇差を使うときは、必ず左手と決まっている。右手は人を生かすためにあり、左手は人を殺すためにあるという変わった渡世人だよ」

「腕っぷしは……？」

「大したもんだそうだ」

人垣の中で、そんなささやきが交わされていた。

「野郎！」

長脇差を振りかざして、流れ者が突進した。

渡世人は横へ避けて、流れ者の右腕をかかえこんだ。そのまま背を向けると、渡世人は流れ者を腰にのせた。渡世人が上体を折ったとき、流れ者の両足は空に向かっていた。人々のどよめきの中で、流れ者の身体が宙を飛んだ。

鮮やかな一本背負いで投げ飛ばされて、流れ者は背中から松の幹に激突した。声も立てずに地上に転がった流れ者は、それっきり動こうとはしなかった。一瞬にして、気絶したのである。

渡世人は胴巻きを拾い上げると、路上に大の字になっている商人のほうへ近づいた。出血がひどくて、左足が赤い水の中に浸けたようになっている。代わりに顔から、血の気が引いていた。

「こいつは、いけやせんね」

渡世人は胴巻きを渡しながら、商人の左足に目を落とした。

「ありがとう存じます」

胴巻きを受け取って、商人が色のない唇を動かした。

「血を止めねえと、命に関わりやすぜ」

渡世人が言った。

「このような恰好で失礼を致しますが、わたくしは上田の雑穀商で、金沢屋忠吉と申す者にございます。これは、奉公人のお民でして……」

商人は下女らしい娘に、挨拶をするよう促した。

「ありがとうございました」

地面に両手を突いて、お民という奉公人が丁寧に頭を下げた。

「そんなことより、この傷を何とかしなけりゃあなりやせんよ」

渡世人の口もとには、何となく笑いが漂っていた。

「せめてお名ぐらいは、お聞かせ下さいまし」

金沢屋忠吉という商人は、せがむような目つきになっていた。

「名乗るほどのこともねえんでござんすが、まあ乙姫と覚えておいておくんなさい」

「乙姫さんでございますか」

「へい」

「わたくしどもはこれから、軽井沢まで参らねばなりません。馬でも頼めば、何とかなりましょう」

「そいつは、無茶ってもんでござんすよ。ちょいとでも動いたら、血の出ようがひどくなりやすからね」

「けれども、急いでいるもんでございますから……」

「だったら、この場で手当てを致しやしょうかい」

「手当てって、乙姫さんがでございますか」

「へい、あっしが、やるんでござんすよ」

そう言って、乙井の姫四郎はニッと笑った。

金沢屋忠吉は戸惑い、困ったような顔つきでいた。お民も、呆気にとられている。まだ居残っている野次馬たちも、好奇の目を光らせていた。当然である。流浪の渡世人が、医者みたいに傷の手当てをしてやると言っているのだ。そんな馬鹿げたことを、信ずる者がいるはずはなかった。

「あの掛け茶屋まで行って、酢と焼酎と晒を買い求めて来ておくんなさい」

姫四郎は東のほうを指さして、お民という奉公人に言った。

「はい」

お民は、金沢屋忠吉の顔を窺った。だが、忠吉は観念したように、目を閉じてしまっている。そうと知ってお民も立ち上がり、東のほうへ小走りに去っていった。

「どなたさんか、あそこへ怪我人を運ぶのに、手を貸しておくんなさい」

姫四郎は、野次馬たちに声をかけた。

四人ばかり、男が前へ出て来た。五人がかりで金沢屋忠吉を持ち上げると、街道脇にある虚空地蔵堂の縁のうえまで運んだ。姫四郎は、振分け荷物をあけた。

地蔵堂の前を、人垣が半円形に囲んだ。

姫四郎は、忠吉の股引を引き裂いた。血まみれになった左の太腿に、長さ十五センチほどの傷が走っている。かなり深い傷で、太い血管を切断したらしく、絶え間なく血が噴き出していた。

お民が息を弾ませて、戻って来た。お民は大小の徳利と、木綿一反の晒を縁のうえに置いた。姫四郎はまず、大きな徳利を手にした。姫四郎の切れ長な目は、もう笑っていなかった。

「手足を、押さえておくんなさい」

姫四郎が言った。

運ぶのを手伝った四人の男とお民が、金沢屋忠吉の四肢を押さえ込んだ。姫四郎は焼酎をたっぷり使って、忠吉の傷を洗った。忠吉は苦悶して、悲鳴を上げた。姫四郎は裂いた晒で太いヒモを作り、忠吉の左足の付け根を強く縛った。

出血が弱まった傷口を、今度は酢と焼酎で洗った。それから姫四郎は、針の穴に蝋麻糸を通した。馴れた手つきで、傷口の縫合を始めた。それは鮮やかなほど素早く、あっという間に十五カ所の縫合を終えていた。

姫四郎は油紙と、大きな貝殻を取り出した。貝殻の中身は、癒瘡油だった。癒瘡油は、長肉膏と抜爾撒摩をまぜ合わせたものである。その癒瘡油を油紙に塗って、縫合した傷口にかぶせた。

そのうえに、晒を厚く巻いた。足の付け根のヒモをほどいて、それで手当ては終わりだった。姫四郎は取り出したものを、振分け荷物の中に戻した。何事もなかったように、また姫四郎の顔には笑いが漂っていた。

見物人たちが感嘆の声を洩らし、溜め息をつきながら首をひねっていた。

二

乙井の姫四郎が立ち上がったとき、喚き声が聞こえて再び人垣が崩れた。気絶していた流れ者が意識を取り戻し、また長脇差を手にして暴れ出したのである。流れ者は怒り狂い、姫四郎に一矢むくいるつもりなのだ。

「ちくしょう！」

痛む背中を伸ばせないのか、流れ者は上体を折ったままで、よろよろと近づいて来た。

「性懲(しょうこ)りもねえ」

ニッと笑って姫四郎は、自分のほうから進んでいった。その姫四郎の左手が、長脇差の柄(つか)を握っていた。左利きというわけではない。かつては左利きというのは許されず、子どものうちに矯正(きょうせい)されてしまう。

ましてや、刀を使う者に左利きがいるはずはなかった。姫四郎の場合は、右手で長脇差は使わないという信念に基いて、左手が自由自在になるよう修練したのである。

姫四郎は無造作に、腰をひねっていた。光が走った。左手で長脇差を、抜き放ったのであった。当然逆手に握ることになる。そのまま姫四郎は、すれ違いざまに長脇差を流れ者の胸に突き立てた。

「わっ！」

流れ者が、短く叫んだ。姫四郎の早い突きを、避けることはできなかったのだ。

姫四郎の長脇差は、流れ者の左胸に刺さって、背中へ突き抜けていた。

「ごめんよ」

姫四郎は流れ者の腹を蹴って、長脇差を抜き取った。流れ者は、街道の下の畑へ転落した。

「乙姫さん」

やや生気を取り戻した顔で、金沢屋忠吉が姫四郎を呼んだ。

「へい」

姫四郎は長脇差を鞘に納め、かぶった三度笠の顎ヒモを結んだ。

「失礼ではございますが、これをお礼のおしるしに……」

忠吉が、五枚小判を差し出した。

「礼は頂かねえことにしておりやす。あっしが好んで、やったことなんでござんすからね」

姫四郎は、振分け荷物を手にした。

「それでは、わたくしが困ります。命を助けて頂いて、あとは知らぬ顔というわけには参りません」

「おめえさんもいま、見なすったでござんしょう」

「何をでございますか」

「あっしが人ひとり、冥土へ送ったところをでござんすよ」

「は、はい」

「おめえさんの命を救ったあと、すぐに別のひとりを冥土へ送った。死ぬのも生きるのも、大して変わりはねえってことなんでござんすよ」

「それに致しましても……」

「右手で人を生かし、左手で人を殺す。そのどっちも、あっしの道楽みてえなものなんで……。道楽をして礼をもらうなんて話は、聞いたことがござんせんぜ」

姫四郎は、ニヤリとした。

言葉を失って、忠吉は黙り込んだ。

その忠吉を、戸板に乗せて運ぶことになった。金さえ出せば、簡単なことであった。すぐに土地の若い衆六人が、戸板を持って駆けつけて来た。忠吉を乗せた戸板を六人の若い衆が運び、そのあとに姫四郎とお民が従って一行は東へ向かった。

遠くまでは、運べなかった。次の宿場の海野までであり、忠吉を旅籠屋へ運び入れることになる。せめて一泊はしなければ、馬にも乗れないだろう。当の忠吉も、その気になっていた。

しかし、お民だけでも今日のうちに、軽井沢まで行きたいという。若い娘のひとり旅は、禁物である。では同じ方角へ向かう姫四郎が軽井沢まで送ってやろうと、海野につく前に話がまとまった。

海野について、金沢屋忠吉は大島屋という旅籠に落着いた。六人の若い衆は礼金を受け取って、西へ引き返していった。姫四郎とお民だけが、東へ向かった。

二十丁ほどで、田中宿であった。

田中をすぎると小諸まで二里半、約十キロである。小諸の先の追分宿で中仙道と合流し、沓掛、軽井沢だった。田中から軽井沢まで八里、約三十二キロであった。女の足でもあり、軽井沢につくのは夜も遅くなることだろう。

「お民さんは、軽井沢にどんな用事があるんでござんすかい」

歩きながら、姫四郎が訊いた。

「軽井沢へ、帰るんです」

お民が、ちらっと姫四郎を見やった。肌が雪のように白くて、ぱっちりとした目が美しい。花弁のような唇、可愛らしい鼻、目もとが涼しげで、滅多には見かけない器量よしであった。

「軽井沢に帰るとは……？」

「親もとへ、帰るんです。軽井沢に、おとっつぁん、おっかさんがおります。一年ほど前に兄が亡くなって、いまでは両親が二人きりで暮らしています。とても、寂しいそうで……」

「そうだったんですかい」

「軽井沢宿で、小さな荒物屋を営んでおります。もともと上田の金沢屋さんには、行儀見習いのために奉公に上がったので、この度はお暇をちょうだいして、親もとへ帰ることにしたんです」

「おめえさんも親御さんも、さぞや嬉しいことでござんしょうよ」

「はい」

「ですが、金沢屋の旦那が一緒だったのは、どういうわけなんでしょうね」

「旦那さまは、軽井沢まで送ってやろうって……」

「そいつはまた、世にも珍しい話でござんすねえ。大店の旦那が、暇をもらって親もとへ帰る奉公人を送りに、旅に出るなんて聞いたことがありやせんよ」

「上田と軽井沢なら、行き帰り三日の旅です。それに娘ひとりの旅はさせられないと、旦那さまはおっしゃって……」

「送らせる男なら、ほかにいくらでもおりやしょう」

「はい。でも、旦那さまは三日の旅ならしてみたいとおっしゃって、送って来て下すったんです」

「ずいぶんと、変わったお人なんでござんすね」

「親切で、奉公人思いの旦那さまです」

「忠吉さんに、おかみさんはいねえんですかい」

「三年前に亡くなって、その後は独り身で通されました」

「そうでござんしょうねえ。おかみさんがいれば、旦那とお民さんの二人旅を許すはずがねえ」

「でも間もなく旦那さまは、新しいおかみさんをおもらいになるんですよ。上田いちばんの豪商と評判の信濃屋さんの末のお嬢さんと、祝言を挙げることが決まっているんです」

「そいつは忠吉さんにとって、何とも豪儀な話じゃねえですかい」

「はい」

「ところで、お民さんの年はいくつなんで……？」

「十八です」

「ようござんすねえ」

姫四郎は、ニッと笑った。半分、本音であった。十六から十八までは結婚適齢期で、娘が急に色っぽくなる年頃であった。器量よしのお民などは、娘の色気と女っぽさが匂うようである。

ときは春、信州の日射しも明るくて、いい陽気だった。菜の花やタンポポの花を見ることもあれば、梅の花が満開のところもある。柳も芽を吹いていた。遠く近くに山が多い信州だけに、のどかな春の光景だった。

正午すぎに、牧野一万五千石の御城下についた。その小諸の煮売屋で、二人は飯を食べた。すぐに小諸をあとにする。街道の右側を流れていた千曲川（ちくまがわ）が、大きくカーブを描いて遠のいた。

追分宿まで、三里半であった。

追分は家並みが五丁ほど続くだけで、人家も百と少しだから、宿場としては少なかった。しかし、人口と旅籠屋の数は、異常に多い。中仙道と北国街道の分岐点にあるために、それだけ追分宿は盛っているということなのである。

旅籠屋が、三十五軒もあった。それに七百十二人の人口のうち、男が二百六十三人しかいない。あとの四百四十九人は女であり、女のほうが倍近くいる宿場というのは、ほかに例を見ない。

それだけ旅人相手のサービス業が、多いという証拠である。まずは宿場女郎が、大変な数であった。追分と聞けば、飯盛女（めしもりおんな）、宿場女郎を思い浮かべるほどである。明治五年に飯盛女、宿場女郎が解放されたとき、追分には二百七人もいたという。

「追分宿には、馬口の伝兵衛という悪い親分がおりやしてね」

笑った顔で、姫四郎が言った。

「わたしも、聞いたことがあります」

お民が頷いた。

「お民さんみてえな娘のひとり旅と見たら、何をするかわからねえような子分も大勢おりやすよ」

「怖い……」

「それにもう一つ、名高いものがござんすよ」

「何でしょうか」

「倉田泉心という女医者で、こいつが馬口の伝兵衛と組んで客を取っておりやしてね」

「女医者が親分と組んで、お客を取るというのは……？」

怪訝そうな顔で、お民が訊いた。女医者というのは、現在の産婦人科医のことであった。

「つまり、中条流でさあ。子おろししかやらねえんでござんすよ」

姫四郎が答えた。産婦人科は、中条流という医学の者が多かった。それで、堕胎を専門とする医者のことを、中条流という代名詞で呼んだのである。

「子おろし……！」

不安そうな顔になって、お民は叫ぶような声を出した。

「もともとは身ごもった宿場女郎の子を流していたのが、腕がいいという評判をもらいやしてね。近頃じゃあ伝兵衛親分の口ききで、倉田泉心のところへ押しかける大勢の孕み女で、えらく繁盛しているそうでござんすよ。子おろしだけじゃあなく、倉田泉心は水子を片付けてくれるってんでね」

姫四郎が耳にした話では、倉田泉心のもとを訪れる妊婦は宿場女郎とか、貧しさに子が生めない百姓の女房とかだけではないらしい。不義密通をして妊娠した人妻、娘、未亡人、それに身分のある女までが、評判を聞いて伝兵衛親分のところへ頼みにくるのだ。

早いうちなら堕胎、手遅れの場合はお産をさせて生まれたばかりの水子を土の中に埋めてしまう。いずれにしても、客は妊婦ではなくなり身軽になって帰れるのである。秘密にはしたいし、待ったなしのことなので、大金を出す者が少なくない。

身分のある女などは、金に糸目をつけなかった。客と金に不自由がなくて笑いがとまらないのは、倉田泉心と馬口の伝兵衛だということであった。

三

浅間山（あさまやま）が、近くなった。

小諸をあとにしてから、もう二里は歩いただろう。時刻は八ツ半、午後三時をすぎている。疲れたのか、お民の足の運びが悪くなっていた。この一時間は一言も口をきかずに、お民は歩きながら考え込んでいるようだった。

左側が、丘陵地帯の斜面になった。密生した雑木林に被（おお）われた斜面で、そのうえのほうが黄色に染まっている。菜の花畑になっているのだ。背景は青い春の空と、浅間山であった。

「どうかしなすったんで……？」

姫四郎は立ちどまって、遅れているお民を振り返った。

「いいえ」

われに還ったように、お民は慌（あわ）てて首を振った。

「一息入れやすかい」

姫四郎は言った。

「はい。あそこで、休むのはどうでしょうか」

お民は丘陵の斜面の、うえのほうを指さした。

「ようござんすよ」

姫四郎は先に立って、街道からそれると、丘陵の斜面の小道をのぼり始めた。雑木林を抜けて、菜の花畑にたどりついた。そこは無人の世界であり、空と日射しと山しかなかった。

浅間山をはじめ、上州と信州の国境に連なる山々が、はるか彼方まで続いていた。下を見おろしても、雑木林に遮られて街道は見えなかった。風もなくて、そこにいるだけで眠くなりそうだった。

姫四郎とお民は、菜の花の中にすわった。姫四郎は三度笠をはずし、長脇差と振分け荷物と一緒に置いた。お民も菅笠と竹の杖を投げ出して、腰に巻いてあった荷物をほどいた。

「あっしみてえな無宿者と、こんなところに二人だけでいて、堅気の娘さんが恐ろしくはねえんですかい」

姫四郎は、生干しのイカを取り出した。

「乙姫さんなら、安心していられます」

照れ臭そうな顔で、お民が言った。

「さあ、どうでござんしょうかねえ。あっしも、嫌いなほうじゃあござんせんからね」

姫四郎は裂いたイカを、口の中に入れてしゃぶった。

「でも、乙姫さんは……」

お民は、顔を伏せた。

「お民さんみてえなベッピンには、ちょいとお目にかかれやせんしね」

姫四郎の切れ長な目が、悪戯（いたずら）っぽく笑っていた。

「そんな……」

恥じらうように、お民の横顔も笑った。

「無宿の渡世人には、堅気の娘さんは口もきいちゃあくれねえですよ」

「乙姫さんの郷里（くに）は、どこなんですか」

「野州河内郡（やしゅうかわちごおり）乙井村ってところでござんす」

「野州って言われても、見当がつかないんです」

「宇都宮から、そう遠くねえところなんで……」

「宇都宮も、知りません」

「まあ、どうでもいいようなことでござんしょう」

「乙姫さん」

「へい」

「いいんですよ、構いません」

「何がですかい」

「わたしのこと、好きなようにしても……」

お民は姫四郎に、背を向けるようにして言った。声もかすれがちだし、身体を固くしていると一目でわかる。

「おめえさん、本気で言っていることなんですかい」

困惑した表情で苦笑しながら、姫四郎は生干しのイカを懐中に押し込んだ。

「冗談で、こんなことが言えますか」

「それにしたって、まさかそいつがおめえさんの気持ちってわけはねえでしょう」

「海野でお別れするときに、旦那さまから言い付かったことなんです」

「忠吉さんが、あっしの慰み(なぐさ)ものになれって、おめえさんに言い付けたんでござんすかい」

「はい。お礼を受けて下さらない乙姫さんには、お前の身体で返すほかはないだろうって……」

「言い付かったからって、その通りにするんですかい」

「旦那さまのお言い付けは、守らなければいけません」

「おめえさん、暇をもらったはずですぜ。暇をもらったからには、もう旦那さまも奉公人もねえんでござんしょう」

「乙姫さん、わたしが気に入らないんですか」

「とんでもねえ、小判はいらなくても、おめえさんの身体だったら遠慮なくちょうだい致しやすよ」

姫四郎は、お民の肩に手を伸ばした。姫四郎の手が触れると、お民の肩がビクッと震えた。姫四郎はお民を引き寄せると、肩を抱いて菜の花の中へ倒した。お民は仰臥すると、手足を弛緩させた。

「無宿者とこうなって、本当にいいんですかい」

姫四郎は笑いながら、お民の顔を見守った。

目をつぶったままで、お民は頷いた。その顔に、日が射している。青空の下で、いずこも明るかった。鳥の声が聞こえて、蝶が無心に舞っていた。姫四郎はゆっくりと、お民の着物の裾をまくり上げた。

真白な太腿が、まぶしいくらいだった。白い脚絆をつけて、草鞋をはいている下半身が、異様になまめかしい。姫四郎の手が太腿を滑ると、お民は反射的に脚を合わせようとした。

恥ずかしい部分に触れれば、お民は慌てて腰を引く。どうしても、身体の力が抜けないのだった。姫四郎も菜の花の中に沈んで、お民に寄り添った。姫四郎はお民の着物の衿を、大きく左右に押し広げた。

二つの隆起が、震えながらこぼれ出た。白桃のように、乳房には光沢と張りがあった。お民は両手で、顔を被っている。姫四郎は、乳首を見た。とたんに姫四郎はニヤリとして身体を起こしていた。

姫四郎はお民の衿を合わせて、着物の裾の乱れも元通りにした。それっきり、姫四郎はお民の身体に触れなかった。しばらくは動かずにいたお民が目をあけて、指のあいだから姫四郎を見やった。

「やっぱり、やめておきやしょう」

姫四郎は、口もとに笑いを漂わせた。

「どうして……」

一瞬お民は、悲しげな目つきになっていた。

「生娘じゃあねえのは、気が楽でござんすが、孕み女はあっしの好みじゃあねえんですよ」

姫四郎は言った。

「え……！」

弾かれたように、お民は起き上がっていた。

「医術の心得がある者に乳を見せたら、腹の中に子がいるって一目で知られてしまいまさあ」

姫四郎は違う方角へ頭を向けて、引っくり返るように寝転んだ。

「乙姫さん、お願いです。もう何も、言わないで下さい」

お民は肩を落として、深くうなだれた。

「あっしが倉田泉心の子おろしの話をしたら、おめえさんはビクッとしなすった。あのとき、もしかしたらと思ったんでござんすがね」

「作り話なんかして、申し訳ありません」

「忠吉さんから、あっしの慰みものになれと言い付かったって話ですかい」

「はい」

「作り話だとは、わかっておりやしたよ。忠吉さんがそんなことを、言い付けるはずはねえ。おめえさんの一存で、あっしに肌を許そうとしたんでござんしょう」

「はい」

「おめえさんは、どうしてそんな気になりなすったのか。そいつは、あっしに肌を汚されることで、思い切りをつけようとしたんでござんしょうよ。あっしみてえな無宿の渡世人に身体を汚されりゃあ、いやでも思う男への未練が断ち切れやすからね」

「そこまで、読んでいなすったんですか」

「思う男とは、その腹の中の子の父親、金沢屋忠吉さんでござんすね」

「旦那さまに、思いを寄せているわけじゃありません。ただ、お腹の子の父親だと思うと、旦那さまに情(じょう)という未練が残ります。もう二度と会わない旦那さまですから、何としてでも未練は断ち切らなければなりません」

「旦那が器量よしの奉公人に、手をつけたってだけのことでござんすからね」

「子ができようと、旦那さまと奉公人、生きる世の中が違います。それに近々、信濃屋さんのお嬢さんを新しいおかみさんにお迎えになる旦那さま、そのご縁に傷がついてはとわたしのほうで身を引くのが当たり前。それで身ごもったことも旦那さまのお耳に入れずに、お暇をちょうだいしたんです」

「頭の上がらねえおかみさんを迎える忠吉さんにしてみりゃあ、お手つきのおめえさんが消えてくれるに越したことはありやせん。それで、せめてもの情けにお民さんを、軽井沢まで送る気にもなったんでござんしょう」

「はい。でも、わたしは軽井沢の親もとで、お腹の子を生むつもりです。寂しがっているおとっつぁんとおっかさんだから、父(てて)なし子だろうと生めって言ってくれるはずです。すみません、乙姫さん。旦那さまへの未練を断ったからと言って、乙姫さんを……。いまになって急に……、恥ずかしくなりました」

お民は、泣いているようだった。

「無宿の渡世人なんてものは、そんなことにしか使ってもらえねえんで……」

目を閉じて、姫四郎は呟(つぶや)くように言った。睡魔に襲われたのである。そのまま姫四郎は、浅い眠りに引き込まれていた。

ハッとなって目を覚ましたとき、お民の姿は消えていた。お民の菅笠も杖も、荷物も見当たらない。姫四郎は立ち上がって、長脇差を腰に押し込んだ。斜面の下の街道から、騒がしい男の声が舞い上がって来た。

四

乙井の姫四郎は、三度笠の顎ヒモを結びながら、丘陵の斜面を駆けおりた。

何者かに、連れ去られたわけではない。危険な相手が接近すれば、姫四郎はたとえ熟睡していようと、本能的に目を覚ますはずだった。

しかし、あたりは静まり返っていて、姫四郎の眠りを妨げる音も声もなかった。姫四郎は春の日射しの心地よさに、ついとろとろとしてしまったのだ。その間にお民は、みずから立ち去ったのである。

お民はどうして、逃げるように姿を消したのか。

そのお民の気持ちは、容易に察しがつく。お民は馴れない色仕掛けによって、姫四郎に抱かれようとした。乳房に触れられ、太腿をむき出しにして、恥ずかしい部分の茂みまで姫四郎に見られたのである。

お民は、必死になってそれに耐えた。

ところが、お民は胸のうちを、あっさりと姫四郎に見抜かれてしまったのだ。

そこまで読まれたあと、まだ十八歳のお民が平気な顔で、姫四郎と一緒にいられれるはずはなかった。わが身とわが心根を恥じて、お民としては逃げ出さずにはいられなかったのだろう。

それだけのことなら、姫四郎がお民のあとを追う必要はなかった。勝手に逃げ出したお民を、軽井沢まで送っていく義務はない。道連れになったのはここまでということで、姫四郎は身軽になればいいのである。

だが、男たちの大きな声が、只事でないことを物語っている。何かあったのに違いないと姫四郎は、それをお民に結びつけていたのだった。

雑木林を抜けると、街道が見おろせた。男が二人ばかりいて、西に向かって大声を張り上げている。西のほうから三人の男が、声で応じながら走ってくる。いずれも着流しで、遊び人ふうの男たちであった。

「早いところ、引き揚げようぜ！」

「もう、お役ご免になったんだよう！」

真下の街道にいる二人の男が、仲間たちにそう呼びかけていた。

「見つかったのかい！」

「だったら、えれえ骨折り損だぜ！」

「おれたちは小諸の手前まで、捜しに走ったんだぞ！」

西のほうから街道を走って来た三人が、口々に怒鳴り返した。五人の男たちは長脇差こそ腰にしていないが、この土地に一家を構える貸元の身内と一目でわかる。さしずめ、馬口の伝兵衛の子分たち、というところだろう。

姫四郎は街道の近くまで斜面を下って、枝を広げている山桜の古木の蔭で足をとめた。太い幹の後ろに身を隠して、姫四郎は聞き耳を立てた。街道では合流した五人の男たちが、乱れた呼吸を整えている。

「いってえ、どういうことなんだい」

「定めた時刻をすぎても、客が姿を見せねえ。こいつは、途中で間違いがあったんだろう。おめえたち、小諸のあたりまで様子を探りに走れ。こう親分の下知を受けてよ、おれたちは小諸まで飛んでいったんだぜ」

「ところで、小諸までの街道筋に、何かあったなんて様子はまるでねえ」

「急いで戻ってくりゃあ、何のことはねえ、お役ご免になったから引き揚げようってえじゃあねえかい」

「骨折り損も、いいところだぜ」

「これじゃあ、何が何だかさっぱりわからねえ」

小諸の手前まで行って来たという三人が、口を揃えて不満を述べている。

「仕方がねえじゃあねえかい」

「つまり、行き違いになったのよ」

三人の仲間を迎えた二人のほうが、なだめにかかっていた。

「行き違いになったというけどよ、おれたちは小諸の手前まで行くあいだに、ひとり旅の若い娘なんて、まるで見かけなかったぜ」

「若い娘のひとり旅となりゃあ、物騒な街道をふらふら歩いてくるもんじゃあねえだろう」

「じゃあ、歩きじゃあなかったのか」

「そうよ。上田から追分までの道中なら、おれたちにはほんのひとまたぎだ。だが、箸より重いものを持ったことがねえ箱入娘が、歩いてこられるはずがねえだろう」

「だったら、駕籠かい」

「人目を忍ぶってことも、考えなくちゃあならねえだろう。そうなりゃあ、駕籠でくるのに決まっているじゃあねえかい」

「すれ違う駕籠の中までは、覗いてみなかったからなあ」

「お供に下女を、ひとり連れて来たがよ、わけ知りなのは、この下女だけなんだ。

家の者には、追分の親類のところへ行くと言って、出て来たらしい。駕籠屋だって、そのつもりよ」

「上田の信濃屋のお嬢さん、何てえ名だっけな」

「お藤さんだ」

「そうそう、そのお藤ってお嬢さんの腹の子の父親は、いってえ誰なんだろうな」

「よくはわからねえが、この春先に色男の手代がひとり、信濃屋から暇をもらっているって話だぜ」

「すると、お嬢さんはその手代と、ちょいとばかり悪い遊びをしたってわけだ」

「上田いちばんの豪商だっていう信濃屋のお嬢さんまでが、奉公人と密通して身ごもり、子おろしをするってえんだから、大したご時勢だよ」

「何でも、お嬢さんはこの夏をすぎたら、祝言を挙げることになっているとかでな」

「だったら、腹の子は早いところ、始末するより仕方がねえや」

「ふくらんだ腹のままで、嫁入りはできねえよ」

「十日ほど前にお嬢さんの使いで、わけ知りの下女が親分のところへ来たとき、何も言わずにぽんと百両を置いたそうだ……」

「百両……！」

「親分と倉田先生で、その百両を山分けかい」

歩き出した男たちの声が、東のほうへ遠ざかって消えた。

ひとり残った姫四郎は、思わずニヤリとしていた。世にも皮肉な話を、耳にしたからであった。

信濃屋の末娘が金沢屋忠吉の二度目の妻に迎えられるという話を、姫四郎はお民から聞かされていた。祝言まで、間もないということだった。お藤というのが、その信濃屋の末娘なのに違いない。

お藤という末娘はもともと、身持ちがよくなかったのではないだろうか。お藤の過去には、男と野合（やごう）したという傷があるのだ。そんなことでもなければ、上田いちばんの豪商が娘を後妻にやったりするはずはない。

ところが、お藤は夏すぎに祝言を控えていながら、また奉公人を野合に誘った。野合とは、公認されていない男女の肉体関係をいう。お藤の誘惑に負けた奉公人は、後難を恐れて信濃屋をやめてしまった。

だが、お藤はその奉公人の子を身ごもっていたのだ。金沢屋忠吉との祝言があるし、早々に腹の子を始末しなければならない。妊娠中絶して、知らん顔で忠吉の嫁になろうというわけである。

しかし、お藤だけではなく金沢屋忠吉のほうも、奉公人のお民に手をつけて孕(はら)ませてしまった。もっとも、お民は身ごもったことを、忠吉に告げていないという。いずれにしても、お民が自分から暇をもらうと言い出したことで、忠吉は大いに救われたのに違いない。

新郎も新婦も、それぞれ奉公人と通じていながら、口を拭(ぬぐ)って祝言を挙げるのである。どっちも、どっちであった。まさにキツネとタヌキの化かし合いであり、これが男と女というものだった。

これがご時勢かと、渡世人の三下(さんした)が嘆いたのも、また面白かった。

姫四郎は街道に出ると、東の追分のほうへ向かった。夕日を背後から浴びて、路上の影が長く伸びていた。赤く染まった浅間の山を、正面に見ながら姫四郎は歩いた。姫四郎はふと、寄り道をしようかという気になっていた。

追分宿に、寄るのである。お民はどうやら無事のようだし、ひとりで先に行ってしまった。どこへ寄ろうと、姫四郎の自由であった。追分宿につく頃には、人家に明かりがともるだろう。

行燈(あんどん)に火がはいる時刻をすぎたら、貸元のところに寄って一宿一飯(いっしゅくいっぱん)を頼むことは許されない。それが仁義であり、作法というものだった。だから、馬口の伝兵衛の住まいの敷居はまたげない。

だが、倉田泉心の家であれば、立ち寄ることができる。夜になったら医者の住まいまで訪れてはならない、という仁義も作法もないのである。

倉田泉心がどのような荒稼ぎをしているのか、目で確かめてみようと思いついたのだった。

夕焼けを空に残して日が沈み、すぐに闇が濃くなった。追分宿の手前で姫四郎は、暮れ六ツの鐘の音を耳にした。追分宿は無数の明かりに彩られ、華やかな夜景を見せていた。男の旅人と商売女が、色と欲とに絡み合っている世界であった。

「倉田泉心先生のお住まいは、どちらでござんしょう」

姫四郎は、通行人に尋ねた。

「宿内を東に抜けたところの、北側でございますよ」

年老いた通行人の男が、考えることもなく答えた。追分宿の住人なら老若男女を問わず、倉田泉心の住まいを承知しているのだろう。

姫四郎はさっさと、賑やかな宿内を通り抜けた。東の宿はずれの橋の手前を、左へはいる道があった。その道の突き当たりに、門構えの家がある。大金持ちの隠居所か、寮のような外見だった。

寮とは、別荘のことである。

母屋はそれほど大きくないが、造りが凝っている。土塀を一部にめぐらせて、あとは生垣で囲んであった。姫四郎はあいている門からはいり、庭のほうへ回った。

大小の樹木の植込み、池、小さいながら築山と、庭はなかなか立派であった。女医者の住まいとは思えない。同時に子おろしと、水子の始末を専業とする女医者は、大した荒稼ぎができるという証拠でもある。

姫四郎は池の前を通って、植込みの蔭に立った。すぐ目の前に、奥座敷があった。池のある庭園に面している奥座敷は、丸行燈に照らされて明るかった。

商家や宿屋の客間でも、使われるのは角行燈だった。丸行燈というのは、贅沢品なのである。その丸行燈が四つも置いてあって、七つほどの人影を浮き上がらせている。座敷の中に向かい合ってすわっているのは、倉田泉心と馬口の伝兵衛であった。

廊下に並んで正座している五人の男は、馬口の伝兵衛の身内に違いない。

倉田泉心と伝兵衛のあいだには、切り餅と呼ばれている二十五両の包みが六つほど積んであった。全部で、百五十両である。

五

倉田泉心は、医者としての看板を掲げていない。ましてや、子おろしや水子の始末を引き受ける女医者であることを、明示するはずはなかった。倉田泉心ぐらいになると、宣伝する必要もないのだろう。

だが、当時の堕胎薬を売る店は、それとなく看板を掲げたものであった。この堕胎薬には、自由丸、朔日丸、月水早流し、といった商品名がついていたが、いいかげんで危険なものだった。

水銀剤、鉄の錆汁、辛子などで、これを飲むのである。中毒症状や下痢によって堕胎を促進するのだから、母体に有害であり死亡する者も少なくなかった。それでも、これらの堕胎薬が飛ぶように売れたのである。

堕胎の手術のほうも、幼稚なものであった。按腹療法などというのは、妊婦の腹をもんだり押したりして、堕胎させるというやり方だった。

もう少し手術らしい方法でも、ホオズキや笹竹の茎を子宮口に入れて堕胎させせるといったことしかできなかった。麻酔をかけるわけではないから、ひどい苦痛を強いられる。それでも堕胎医を訪れる妊婦は、あとを絶たなかったのである。

江戸幕府は何度か、堕胎の禁止令を出している。だが、効果はほとんどなかった。天保十三年には、堕胎を専業とする女医者を江戸から追放した。その追放された医者の中に、当時三十六歳だった倉田泉心もまじっていた。

江戸を追放された倉田泉心は、信州追分宿に落着いて再び堕胎と水子処理を専業とする女医者になったのだ。禁止令は江戸だけであって、地方には及ばなかったのである。

それから七年、倉田泉心は四十三歳になっている。とにかく堕胎術が巧みだという評判を呼び、江戸にいるときよりもはるかに稼ぎがよくなったし、名医の扱いを受けているようである。

その倉田泉心はいま、厚い座蒲団のうえにすわっている。白絹の着物に袖なしの羽織、頭は総髪であった。顔立ちが整っていて、目つきが鋭い。いかにも名医らしい貫禄は、具わっているようだった。

「先生、どうして先生の子おろしには失敗がねえのか、一つこの機会に聞かせてやっておくんなさい」

馬口の伝兵衛が、媚(こ)びる笑顔で言った。伝兵衛は五十がらみの男で、悪人相(あくにんそう)を絵に描いたような顔をしている。

「それはまず、わたしの腕、わたしの技によるものだろうな」

倉田泉心は鷹揚(おうよう)に答えて、相手を小馬鹿にしたような薄ら笑いを浮かべた。

「そりゃあもう、先生が名医だってことは、あっしどもも十分に承知しておりやす。ですが、どんな名医にだって手違いはあると、聞いておりやすがね」

伝兵衛は上機嫌で、左右の手をもみ合わせていた。

「一度でも手違いを犯せば、それはもう名医とは言えんな」

倉田泉心は、表情を厳しくしていた。演技なのに違いない。

「そんなもんでござんすかね」

「さよう。本物の名医には、三つのものが必要となる」

「その三つとは……？」

「第一は医術の心得、第二には技、第三には道具だ」

「なるほどねえ」

「以前、野州は河内郡乙井村というところに、関八州随一の名医と謳(うた)われた内藤了甫(りょうほ)先生がおられた」

「内藤了甫ですかい」

「内藤先生は漢方医であったが杉田玄白先生に心酔して蘭学を学び、華岡青洲先生のように漢方と西洋医術の長所を併せ用い、関八州随一の名医と評判になられた」

「杉田とか華岡とか、よくわかりやせんが、つまり内藤了甫って先生が大変な名医だったってことなんですね」

「さよう。しかし、惜しいことに内藤先生は十年ほど前に、何者かの手によって斬殺された」

「ほう」

「同じように漢方と西洋医術を学んでおった三人のご子息、このうちの長男と次男も内藤先生と一緒に殺された」

「残ったのは、末の子だけなんで……」

「その三男は名を姫四郎と申し、生きる道からはずれたために無宿人となり、伝兵衛どのと同様の渡世の拗ね者として通っているとか聞いた」

「姫四郎ですかい」

「乙井の姫四郎。人呼んで乙姫……」

「乙姫って変わった旅鴉がいるってこととは、噂に聞いたことがありやすがね」

「それだ」

「こいつは驚いた。関八州随一の名医の伜が、無宿の渡世人とはねえ」

「まあ、そのようなことはどうでもよい。わたしが言いたいのは、その右に並ぶ者なしという名医の内藤了甫先生との関わりについてなのだ。はるかに若年のわたしが、内藤了甫先生にあれこれと医術の技を、教えて差し上げたということなのだよ」

「先生がその名医に、いろいろと教えてやったんでござんすかい」

「さよう。それが、わたしの何よりの自慢でな」

「そうなると先生は、関八州随一の名医の師ってわけでござんすね」

「生前の内藤先生から、わたしは師も同然の日本一の名医と言われたものだった」

「道理で先生は、腕がいいはずだ。日本一の名医と、言われたんじゃあ……」

「わたしの医術の心得と技については、そのように太鼓判を押されている。残るは、医術に用いる道具だ」

「へい」

「わたしがなぜ、子おろしに失敗したことがないのか。それは、わたしの医術の心得と技のほかに、当を得た道具があるからなのだ。わたしはほかの女医者のように、ホオズキとか笹竹とか、そんないいかげんなものは用いない」

「へい」

「わたしは、包頭器（ほうとうき）という道具を用いる。これは、わたしが考案した器具でな。子おろしには、この包頭器を使わねばならぬ、と言ってよいほどのものだ」

「へええ、大したもんでござんすねえ」

と、馬口の伝兵衛は、しきりと感心していた。

姫四郎は植込みの蔭で、生干しのイカを噛（か）みながらニヤリとした。だが、そうした倉田泉心の話など、どうでもいいのである。それよりも気になるのは、二十五両の切り餅が、六つもあることだったのだ。

信濃屋のお藤の堕胎の費用として、馬口の伝兵衛に手渡された金は百両と聞いている。百両なら、切り餅が四つであった。ところが切り餅は六つある。五十両も、余分にあるのだった。

「さてと、これは伝兵衛どのの取り分だ。お納め願おう」

倉田泉心も三つの切り餅を、伝兵衛の前に押しやった。

「毎度どうも、ありがとうございます。半分の七十五両、確かに頂きやした」

馬口の伝兵衛は、笑いがとまらないという顔で、三つの切り餅を懐中に押し込んだ。

「しかし、一日に百五十両の稼ぎというのは、これまでになかったことではないかな」

「へい。一日のうちに福の神が二人も舞い込んだようなもんで、そうちょいちょいあることじゃあござんせんよ」

「百両と五十両の客が重なるとは、まったく珍しい」

「ところで先生、どっちの子おろしを先に致しやす」

「信濃屋のお藤どののほうは、当人が子おろしを望んでいるのだから、何も慌(あわ)てることはあるまい。今夜一晩ゆっくり休ませて、明朝にでも子おろしに取りかかろう。だが、もうひとりのほうは、腹の子を生むつもりでおるから、子おろしを急いだほうがよいな」

「すると、お民とかいう娘のほうを先に……」

「今宵(こよい)のうちに、子おろしをすませよう。先刻より泣いたり暴れたりしておるが、間もなく諦(あきら)めるだろう」

「じゃあ、お民とかいう娘は、縛(しば)りあげたままにしてあるんですね」

「仕方あるまい」

倉田泉心は、薄ら笑いを浮かべた。

植込みの蔭で姫四郎は、思わず口の中のイカを吐き出していた。お民というのは、あのお民に違いない。お民がこの家の中にいるとは、夢にも思わなかった。お民は追分宿で伝兵衛の身内に捕えられて、ここへ運び込まれたのだろう。泣き喚き暴れるお民を、縛り上げてあるという。軽井沢の親もとへ帰って赤ン坊を生むつもりのお民を捕えて、なぜ子おろしを強制しようとするのか。その礼金に五十両も支払われているのも、妙な話であった。

姫四郎は、植込みの蔭から出て、座敷の縁側のほうへ足を運んだ。池を背中にうっそりとたたずんだ姫四郎の姿に、まず座敷の中の倉田泉心が気づいた。泉心は驚いて、腰を浮かせた。

それを見て、伝兵衛も視線を庭に転じた。廊下に並んでいた五人の子分も、一斉に向き直った。全員の目に、姫四郎の右手首の数珠が映じたようだった。倉田泉心は中腰になり、渡世人たちは長脇差を引き寄せた。

「よう泉心、久しぶりだな」

姫四郎は、ニッと笑った。

倉田泉心の顔から、血の気が引いていた。

「たまには、おめえの面を見てやろうと寄ってみたら、何とも情けねえザマじゃあねえかい」

姫四郎の切れ長な目が、悪戯っぽく笑っていた。

「おめえが、乙姫って野郎だな」

伝兵衛が、立ち上がった。

「その通りでござんすよ。あっしが、その関八州随一の名医と謳われた内藤了甫の三男坊で……」

「こちらの倉田先生は、その内藤了甫の師も同様のお方じゃあねえかい。口のきき方に気をつけろい！」

「とんでもござんせんよ、親分さん。倉田泉心は、内藤了甫の数いる内弟子のひとりだったんで……。そいつが医術に邪心を持ち込む恐れありと、内藤了甫から破門を申し渡されやしてね。野州から江戸へと去ったのが、その倉田泉心なんでござんす」

「倉田先生が、いいかげんなことを言いなすったってのかい！」

「いいかげんもいいかげん、ひでえことを吐かすじゃあござんせんか。包頭器を泉心が手めえで考案したなんて、嘘っぱちを並べ立てていやがるんですからねえ。包頭器ってのはいまからおよそ二十六年前に、立野竜貞という先生が考案されたものなんでござんすよ」

そう言って、姫四郎はニヤリとした。文政六年に立野竜貞が考案した包頭器とは、いまでいう子宮鉗子に相当するものだったのである。

倉田泉心には、一言もなかった。

だが、伝兵衛の形相が、凄まじくなっていた。どうやら姫四郎を、邪魔者と見たようだった。

六

馬口の伝兵衛が、いきなり長脇差を抜いた。当然、五人の子分も、それに倣った。五人の子分は庭に飛びおりて、姫四郎を半円形に押し包んだ。姫四郎は三度笠の下で、口もとに笑いを漂わせていた。

「あっしにまた、道楽をさせようってんですかい」

姫四郎は道中合羽の下から、振分け荷物を取り出した。

「道楽だと……！」

縁側に仁王立ちになって、伝兵衛が怒鳴った。

「へい。死にかけているお人の命を助けるのも、ピンピンしている野郎を叩っ斬るのも、この乙姫にとっちゃあ変わらねえ道楽なんで……」

姫四郎は振分け荷物を、斜めうえにほうり投げた。振分け荷物は、梅の木の枝に引っかかった。

「殴り込みをかけて来やがったくせに、ふざけるんじゃあねえ！」

「あっしはただ、泉心の住まいに立ち寄っただけなんでござんすよ」

「だったら、おめえには何の魂胆(こんたん)もねえってのか」

「ところが、ここで話を聞いちまいやしてね。それでちょいとばかり、気が変わりやしたよ」

「どう、気が変わったんだ」

「そちらさんに、注文をつけたくなりやした」

「どういう注文だい」

「お藤とお民を、ここに出して頂きやしょうか」

「何だと！」

「それにもう一つ、お民の子おろしを頼んで、五十両の礼金を支払ったお人に、お目にかかりてえんでござんすがね」

「そのお人なら、いまおれの住まいにいなさるぜ」

「だったら、ここへ案内して来てもらいやしょう」

「注文通りにしたら、おめえはどうするってんだい」

「納得がいったら道楽はよしにして、おとなしく引き下がりやす」

「よし、こっちも好んで騒ぎを大きくしたくはねえ。おめえの注文に、そっくり応じてやろうじゃあねえかい」

伝兵衛は子分たちに、目で指示を与えた。子分のひとりが庭伝いに、門のほうへ走り去った。伝兵衛の住まいへ、向かったのである。同じ追分宿にあるのだから、伝兵衛の住まいはつい目と鼻の先ということになる。

あと二人の子分が家の中に戻って、廊下の奥へ姿を消した。お藤を連れてくるのに手数はかからないが、お民のほうはそうはいかない。抵抗するお民を二人がかりで、運んでくるつもりなのだろう。

間もなく子分のひとりに案内されて、振袖(ふりそで)姿の娘が座敷へはいって来た。十八、九だろうか。色白でお嬢さんタイプだが、いかにも気が強くてわがままという感じだった。それでもお藤は、倉田泉心の背後にすわると、戸惑いの表情で目を伏せた。

それに続いてもうひとりの娘が、二人の男にかかえられて、廊下の奥のほうから姿を現わした。後ろ手に縛られて、猿轡（さるぐつわ）を嚙まされている。お民であった。そのお民を二人の子分が、座敷の中へ突き放した。

倒れた瞬間に、お民は姫四郎のほうを見た。お民は目を見はると、夢中で起き上がった。声は出せても、言葉にはならない。その訴えるようなお民の目に、姫四郎はニッと笑いかけた。

そこへまた、五、六人の一団が庭を回って来た。いずれも伝兵衛の身内である。そのうちのひとりが、男を背負っていた。背負われているのは、金沢屋忠吉であった。

「あっ！」

姫四郎に気づいて、金沢屋忠吉は大男の背中に顔を隠すようにした。

「やっぱり、お民さんの子おろしを頼んだのは、おめえさんだったんですかい」

姫四郎が言った。

金沢屋忠吉は、黙り込んでいた。

「おめえさんが暇をやったお民さんを軽井沢まで送るって話もおかしかったし、おめえさんの胴巻きには五十両ほどへえっておりやしたね。おめえさんの目当ては、追分宿で何が何でもお民さんの腹の子を流しちまおうってことだったたんでござんすね」

姫四郎は、目で笑っていた。

「何とも、面目のないことで……」

金沢屋忠吉は、泣き出しそうな声だった。

「お民さんからは何も聞いちゃあいなかったが、おめえさんはお民さんが身ごもったってことに気づいたんでござんしょう」

「は、はい」

「お民さんは親もとに帰って、赤子を生むつもりらしい。おめえさんが祝言を挙げたあとになって、お民さんに生んだ赤子の一件を金沢屋へ持ち込まれたらと、おめえさんはそいつを恐れたんでござんしょう」

「はい」

「海野宿の大島屋という旅籠から、おめえさんは五十両を持たせた使いの者を、伝兵衛親分のところへ走らせた。追分宿で網を張り、お民さんを捕えて倉田泉心のもとへ送り込んでくれってね」

「はい」

「おめえさんはあとから馬で追分宿へと向かい、伝兵衛親分の住まいでお民さんの子おろしがすむのを待っていなすった」

「その通りでございます」

「おめえさんには気の毒でござんすがね、お民さんはこの乙姫に預らせてもれえやすぜ」

姫四郎はニヤリとして、左手を長脇差の柄にかけると同時に、腰をひねっていた。電光石火の早業であり、姫四郎が左手で長脇差を抜き放ったのは、誰の目にもとまらなかった。次の瞬間、姫四郎は土足のまま、座敷へ駆け込んでいた。

「話が違うぞ！」

伝兵衛が、怒号した。

「納得がいかねえんでござんすよ」

姫四郎は身体を半回転させせた。左の逆手に握った長脇差が、半円を描いて赤い糸を引いていた。倉田泉心の首の側面を、長脇差が断ち割ったのである。血しぶきが、襖や畳に降りかかった。

「ぎゃあ！」

絶叫した倉田泉心が、襖に頭から激突した。襖に大きな穴があき、倉田泉心の姿は次の間へ消えていた。

「野郎！」

伝兵衛が、横へ逃げた。それを追いながら、姫四郎は長脇差を宙にほうり投げた。その一瞬に姫四郎は、逆手から正常な握り方に長脇差を持ち直していた。姫四郎はそのまま、長脇差を振りおろした。

伝兵衛の顔に赤い線が走り、たちまち全体を血の色に塗りつぶした。顔面を真二つに割られて、目も鼻も口も鮮血の中に消えていた。叫び声を上げて、伝兵衛はのけぞったあと、小判をばら撒きながら転倒した。

姫四郎は伝兵衛の止めを刺してから、庭へ駆けおりた。十人ほどの連中が、長脇差を構えてはいるものの、すでに逃げ腰になっていた。真っ先に親分が斬り殺されては、子分たちが戦意を喪失するのは当然だった。

それでも自暴自棄になった四、五人が、一斉に突っ込んで来た。姫四郎は長脇差を、上下に振るった。相手の長脇差を弾き飛ばすためであった。白刃が三本、宙に舞い上がった。長脇差を握っている左側の男の右腕を、姫四郎はそっくり切り落とした。

その男を突き放しておいて、姫四郎は右側の男の横っ腹に長脇差を叩き込んだ。二人の男がほとんど同時に、池の中に頭から落ち込んだ。夜目にも白く、水煙が上がった。姫四郎は振り向きざまに、迫って来ていた男の胸に長脇差を突き通していた。

一瞬にして長脇差を抜き取り、逃げようとした男の背中に姫四郎は埋め込んだ。その男と衝突したもうひとりが、地面に転がった。正面から来た男の腹を突き刺した長脇差をそのままに、姫四郎は左手で子どもの頭ほどの石を拾い上げた。

姫四郎はその石を、地面に転がった男の顔に叩きつけた。それから姫四郎は、尻餅(しりもち)をついている男の腹に埋まっている長脇差を、左手で引き抜いた。戦いは、それまでだった。あっという間に六人の仲間を失い、残った四人は恐怖感にすくみ上がっていた。

姫四郎が長脇差を鞘(さや)に納めると、四人は脱兎(だっと)の如(ごと)くに逃げ出した。そのうちの大男などは、背中の金沢屋忠吉を地面に投げ出してから走り去った。その忠吉の左の太腿(ふともも)に巻いた晒(さらし)が、血で真っ赤に染まっていた。

「馬に乗ったり背負われたりの無茶をしなさるから、縫い合わせた傷が口をあけちまったんですぜ。断わっておきやすが、この乙姫は二度と同じ道楽は繰り返さねえことにしておりやす。そのおめえさんの傷の手当ては、ごめんをこうむりやすよ」

　姫四郎が言った。

「そ、そんな……！」

　忠吉は、哀願する顔で、地面を這いずって来た。そこで初めて忠吉とお藤は、互いに視界に相手の顔を認めることになった。お藤は愕然となって立ち上がり、忠吉は放心したような顔で相手を見守っていた。

　三十分後――。

　月の光に照らされた中仙道を、姫四郎とお民は追分から沓掛へと向かっていた。春の朧月だったが、夜道を歩くには助けになる明るさであった。白い路上に二人の影が、ぼんやり落ちていた。

「あっしは何も、お民さんに赤子を生ませたくって、道楽をしたわけじゃあござんせんよ。生まれるのも死ぬのも、同じようなものでござんすからね」

　姫四郎はそう言って、両腕を前に突き出した。お民が、小さく頷いた。

「この右と左の腕にはまったく変わりがねえのに、どうやったって一本の腕にはならねえ。生きることに死ぬことってのも、そうしたもんなんでございますよ」

姫四郎は墨絵のような浅間の山を振り仰いで、ニッと白い歯をのぞかせた。

堕胎と水子殺し禁止令に各地の大名が熱意を示し、赤子養育料の支給などの対策に乗り出したのは、この嘉永二年の頃からであった。

仏が逃げた馬籠宿（まごめしゅく）

一

丁！

半！

駒札の張り声だけが、やけっぱちみたいに威勢がいい。賭場には二十人からの客がいる。しかし、盆を囲んでいるのは、そのうちの半分であった。残りの十人は次の間に、ごろごろと身体を横たえていた。

こうした連中は、スッテンテンに負けているし、もう眠いだけなのだ。本来ならば旅籠屋とか自分の住まいとかへ帰って、ぐっすり眠りたいところである。だが、時刻が時刻であった。

七ツ、午前四時だった。提灯の明かりがなければ、歩くのは危険である。提灯の持ち合わせがなければ、ここにいるほかはなかった。間もなく、夜明けであった。誰もが、その夜明けを待っているのだ。

盆を囲んでいるのは、この土地の者と思われる男が三人、旅人らしいのが七人であった。旅人のうち、四人が渡世人である。あとは浪人者と坊主頭の男、それに女がひとりだった。

この連中も、疲れている。気を抜くと、ふっと睡魔に襲われるのだ。それで眠気ざましに、威勢のいい声を張り上げるのである。負け続けることもなく、さりとてひとり勝ちするわけでもない。

勝ったり負けたりで、駒札が大きく移動しないのである。そうなると、勝負に熱くなれない。完敗すれば諦めがつくし、完勝すれば盆から手を引く気にもなれる。だが、どっちつかずの状態が続くと、もう惰性でやっているようなものだった。

どうせ、夜が明けるまでは、動きがとれないのだ。それなら夜が明けるまで、勝ったり負けたりを繰り返しているほかはないだろう。誰もがそんな気持ちで、勝負を続けているのである。

客ばかりではない。中盆も壺振りも、かなり疲れている。周囲に控えている時田の金吾の身内たちも、眠そうな顔であくびばかりしていた。彼らにしてみれば一刻も早く、ロウソクの火を消してお開きにしたいのだ。

胴元の座には代貸ではなく、時田の金吾みずからがすわっていた。しかし、その時田の金吾親分も、さっきから何度も舟を漕いでいる。賭場が膠着状態に陥ると、胴元は居眠りのほかに仕事がなくなるのだった。

客のひとりである浪人者が、しきりと額の汗を拭っていた。暑いわけではない。春とはいえ木曽路には、まだ冬の名残りがある。ましてや、夜明け前は夏でも涼しいくらいであった。

あちこちに置いてある大きな手焙りには、炭火が盛ってあった。三十人からの人間が集まっているからこそ、寒さを感ずることもなくいられるのである。暑くて汗をかく、という陽気ではなかった。

その浪人者の汗は、脂汗ということになる。顔も、土気色になっていた。もう二時間ほど前から、浪人者は具合が悪そうな様子を見せていたのである。だが、席をはずさずに勝負を続けている限り、浪人者の様子がおかしいと気遣ったりする者はいなかった。

浪人者は二時間も、苦痛を堪えながら勝負を続けて来たのだ。それがいま、限界に達したのかもしれない。土気色の顔を絶え間なく脂汗が流れ落ち、浪人者の呼吸も乱れ始めていた。

三十五、六の浪人者であった。各地を流れ歩いていて、金になることなら何でもやるという乞食浪人なのである。荒みきっていて、凶暴そうな目つきが薄気味悪かった。汚れた着物に、よれよれの袴をはいている。

その浪人の尋常ではない様子に、両隣りの客がようやく観察の目を向けた。左隣りにいるのは、二十四、五の女だった。もちろん、夜明けまで賭場にいるような旅の女だから、堅気であろうはずはない。

洗い髪を無造作に束ねていて、抜けるように色の白い中年増であった。美人というより、いい女だった。鉄火肌の女特有の色っぽさが、その目つきや身体つきに滲み出ている。どこかの一家で、姐御と呼ばれている女なのかもしれない。

右隣りにいるのは、四十半ばの男であった。髪の毛をきれいに剃り落としているが、僧侶が賭場の客でいるわけがない。坊主頭にしているだけで、俗人なのである。だが、顔は知的であって、なかなかの気品も具えている。

坊主頭の旅絵師、あるいは、医者などもいる。旅の恥はかき捨てということもあって、好きな博奕で一夜を楽しもうと、この賭場の客になったのかもしれない。着ているものも、決して粗末ではなかった。

「盆中お手を留めましての差出口、失礼さんにはございますけど……」

いきなり、女が言った。

そうした声がかかったときは当然、勝負を中断することになる。中盆が両手を左右に伸ばし、壺振りは壺とサイコロから手を引く。ほかの客たちが、一斉に女へ視線を向けた。時田の金吾も驚いて、腰を浮かせた。

「病人をまじえての勝負では、気が散ります。よしなにお取り計いを、中盆さんにお頼み申します」

女が浪人を見やりながら、甲高い声を張り上げた。

「病人だと……？」

「どうかしたのかい」

「なるほど、様子がおかしいぜ」

盆を囲んでいる連中が、浪人へ視線を移した。

「うっ……！」

耐えきれなくなったのか、浪人ががっくりと上体を折った。両腕で何とか支えているが、浪人の全身に痙攣が起こって、いまにも横転しそうであった。

「大変な熱だよ」

浪人の首筋に触れてみて、洗い髪の女が慌てて手を引っ込めた。

「そいつは、何とかしなくちゃあなんねえぞ！　もし流行病でもあってみろ、この賭場のありかがお上に知れちまうぜ！」

時田の金吾親分が、立ち上がって怒鳴った。その狼狽した親分の大声によって、賭場は騒然となった。次の間でごろごろしていた連中までが、起き上がったり這いずったりで盆の周囲へ集まって来た。

「お前さん、医者の先生じゃないんですかね」

洗い髪の女が、坊主頭の男に声をかけた。

「ほう、どうしてこのわしが、医者だと申されるのかな」

坊主頭の男が、苦笑を浮かべた。こんな場合でも落着いていて、鷹揚に構えている男だった。

「お前さんからは薬草の匂いがするし、その後ろにあるお前さんの荷物、医者の先生の道具箱と見たんですよ」

洗い髪の女が、坊主頭の背後にある信玄袋を指さした。

真四角で重箱のように丈がある信玄袋は、なるほど医者の薬箱という感じであった。

「よう気がつかれたな。わしはいかにも小沢道庵と申す医者で、信州は松本から参った者だが……」

坊主頭の男は、鼻の下のドジョウ髭を指先でひねった。

「だったら、この病人を何とかしてやっておくんなさいな」

洗い髪の女が言った。

「よろしい、手当てをしてやろう。だが、その前に温くした部屋に床をとり、この病人を寝かせてやることだな。熱病の場合は、それがいちばんの手当てなのだ」

小沢道庵と称する医者は、あたりを見回しながら言った。

だが、次の瞬間、賭場の隅から思いも寄らぬ声が飛んだのであった。

「そいつは、悠長がすぎやすよ。この場で手当てを急がねえと、命取りになるかもしれやせん」

笑いを含んだ声が、そう言ったのである。三十人からの人間の目が、その声の主を求めて走った。

そこには、月代を伸ばした長身の渡世人が立っていた。一時間ほど前に盆から手を引いて、次の間で横になっていた賭場の客のひとりであった。その渡世人を見て、笑う者が少なくなかった。

当然である。小沢道庵という医者のやり方を真っ向から否定したのが、ただの旅鴉だったからであった。一般に字の読み書きもできない流れ者の渡世人が、何を言い出すかと失笑を買ったのだ。

しかし、笑うどころか怪しむような目で、その渡世人をじっと見つめている者もいた。それは、みずからの指示にケチをつけられた当の小沢道庵であった。

「一刻を争う容体というのかな」

小沢道庵は、坊主頭に手をやった。

「へい。その病人、ただの熱病じゃあござんせんからね」

長身の渡世人が、悪戯っぽくニヤリとした。

二十七、八だろう。日焼けがしみついたように色の浅黒い顔に、笑うと歯が白かった。切れ長の目が澄んでいて、遠くを見やるような眼差しである。

「熱病ではない……？」

小沢道庵は、ひどく真剣な顔つきになっていた。

「ごらんなせえ。身をよじるほど、苦悶しておりやすよ。痛みを伴っているとすりゃあ、傷口がウミを持っての熱ってことになりやしょう」

渡世人は人垣をかき分けて、前へ出て来た。

「傷口がウミを持ち……？」

小沢道庵は改めて、浪人の背中へ目をやった。確かに浪人は、身をよじるようにしていた。動かすまいとして動かしてしまうところに、激痛を感じているものと見てよかった。浪人はどうやら、左肩の痛みに耐えきれず身をよじっているらしい。

「このあたりに、古い傷があるんでござんしょう」

渡世人はしゃがみ込むと、右手の指先で浪人の左肩をチョンとつっ突いた。

「ううっ！」

うなり声を上げて、浪人は右肩から板の間に倒れ込んだ。

その瞬間に誰もが、渡世人の右手首に巻かれている数珠(じゅず)を見た。一連の数珠を、渡世人は右手首に三重に巻きつけているのである。

「お前さんの名は……？」

小沢道庵は、渡世人の顔と右手首の数珠を交互に見やった。

「乙姫(おとひめ)と申しやす」

渡世人は、ニッと笑った。

とたんに人垣が揺れ動き、どよめきが広がった。渡世人ばかりが固まっている一隅で、三、四人が忙しく言葉を交わしていた。

「野郎が、乙姫かい」

「乙井(おとい)の姫四郎(ひめしろう)、人呼んで乙姫ってんだろう」

渡世人たちは好奇の目を光らせながら、何となく乙姫を畏怖するような口ぶりであった。

二

賭場が、養生所の手術室に早変わりした。畳二枚に白布をかぶせた盆ゴザのうえに、諸肌ぬがされた浪人が俯伏せになっている。男が五人がかりで、浪人の両足と腰のあたりを押さえつける。

洗い髪の女が用意した品物を、浪人の枕もとに並べる。小沢道庵は自分の薬箱を、乙井の姫四郎の前に提供していた。姫四郎は浪人の左腕を背中へ回し、そのうえから馬乗りになっている。

それを賭場の客と、時田の金吾の身内が取り囲んでいた。旅の渡世人が本物の医者に手伝わせて、これから魔法のような医術を試みるというのである。そうなると、見物しなければ損というくらいの値打ちが、感じられるのだ。

浪人の左腕は、赤く腫れ上がっていた。特に、二の腕のうえ半分は真っ赤になっていて、それが肩の付け根の近くで紫色に変色している。そのあたりに口は塞がっているが、新しい傷の跡があった。

「こいつは、弾丸傷でござんすよ」

姫四郎は、炭火で焼いて焼酎で洗った短刀を、傷跡に近づけながら言った。姫四郎の顔に、もう笑いはなかった。

「傷口は、塞がっているが……」

小沢道庵が、傷跡に目を近づけた。

「ざっと五、六十日前に、鉛玉を撃ち込まれたんでござんしょう。そのとき鉛玉を抜き取らずに、傷口の手当てだけですませちまったんでござんすよ」

「すると、そのまま鉛玉がこの腕の肉の中に留まっているというのか」

「へい」

「鉛玉のまわりから、肉が腐り始めておるのだな」

「鉛の毒が、広まり始めたんでござんしょう。それに肉の中でじっとしているようでも、鉛玉が神経に触るってことにもなるんでござんすよ」

「シンケイ……?」

「へい」

「シンケイか」

「ご存じねえんですかい」

「何分とも長崎や江戸の医者と違って、信州松本の町医者となると、決まりきった病人としか接する機会(おり)がない田舎医者ということでな」

「ところで先生、泊夫藍(さふらん)なんてものを、お持ち合わせじゃねえでしょうね」

「サフラン……」

「へい」

「持ち合わせておらんな」

「そうですかい。だったらまあ、多少の痛みはご浪人さんに我慢してもらうことに致しやしょう」

姫四郎は短刀の切先を、浪人の左肩の紫色になっている部分に押しつけた。

泊夫藍で泊夫藍湯を作り、患者に飲ませると心持ち楽になるのである。それは興奮剤であって、意識をはっきりさせると同時に痛みを柔らげるという効果があるのだった。だが、この場になければ、仕方がなかった。

姫四郎の顔が、凄(すご)みを帯びるほど厳しくなった。姫四郎の右手の短刀が、紫色の肉の中に吸い込まれた。肉を切り裂くのではなく、短刀の切先が何かを捜し求めるように、徐々に沈んでいくのである。

「おおっ！」

浪人がのけぞって、苦痛の声を発した。五人の男たちが、必死になって浪人を押さえ込む。浪人はなおも暴れようとするが、背中のうえの姫四郎が磐石(ばんじゃく)の如く微動だにしない。姫四郎はなおも短刀の切先で、肉の中を探り続けている。

間もなく、姫四郎は肉の奥を抉(えぐ)るように短刀を動かした。浪人が叫び声を上げて、がくんと頭を落とした。気を失ったのである。姫四郎は小さな鉛玉を、弾(はじ)き出すようにして短刀を抜き取った。

周囲の連中が言い合わせたように、ホッと息を吐き出した。

姫四郎は、水銃を手にした。水銃とは、浣腸(かんちょう)用の器具のことである。その水銃に、温めた焼酎を含ませた。姫四郎は噴き出す血をふき取りながら、傷口の奥へと水銃の温焼酎を注入した。

そのあとに長肉膏と抜爾撒摩(ばるさも)をまぜ合わせた癒瘡油(ゆそうゆ)を詰め込み、蠟麻糸(ろうまし)で三針、傷口を縫合(ほうごう)した。縫合したうえに、酢と焼酎に浸した軟綿を置き、油紙をかぶせて晒木綿(さらしもめん)を分厚く巻きつけた。

「姐(ねえ)さん、どうもご苦労さんでござんした」

洗い髪の女に、姫四郎はニヤリと笑いかけた。

「姐さんだなんて、いやですねえ。お島(しま)って呼んで下さいな」

色っぽい目つきで洗い髪の女は、姫四郎を軽くにらんだ。

「こいつは、短筒(たんづつ)の鉛玉でござんすね」

姫四郎は指先で摘(つま)んだ鉛玉を、目に近づけて言った。

「こんなものを身体の中に撃ち込まれていながら、今日まで医者にも見せずに我慢していたとなると、このご浪人さんは何やらわけありの身の上ってことになりますね」

お島と名乗った洗い髪の女が、姫四郎のほうへ手を差し出した。

「まあ、追われる身ってところでござんしょう」

姫四郎は、お島という女の手のうえに、鉛玉を置いた。

「この浪人だが、おれのところに挨拶(あいさつ)をしに来たとき、北川源之進(げんのしん)とか名乗ったぜ」

姫四郎の背後にいた時田の金吾親分が、気を失ったままでいる浪人を見おろして言った。

賭場の客は、賽(さい)の目によって時機を決め、貸元に挨拶をする。つまり、四三の半、五三の丁、ピンゾロといったいい目が振られたときに、貸元のところへ行って初対面の挨拶をする。

それが賭場での慣習であり、貸元への仁義でもあった。但し、これは渡世人に限られたことであり、一般の素人の客は例外である。この浪人は一応、渡世人としての慣習に従い、時田の金吾に初対面の挨拶をして、北川源之進と名乗ったのに違いない。

「乙姫さんとやら、お前さんの生国はどちらかな」

薬箱を片付けながら、小沢道庵が訊いた。

「あっしは、野州無宿でござんして……」

姫四郎も使用した器具や薬を、自分の振分け荷物の中へ戻した。

「野州か」

「へい」

「野州は宇都宮の在、河内郡乙井村に内藤了甫先生が、住まいされていた」

「へい」

「三男の姫四郎は、みずから無宿の渡世人に身を落とし、流れ旅を重ねておるとか聞いている」

「よくご存じで……」

「わしも医者の端くれ、名医の噂ぐらいには聞き耳も立てよう」

「さようでござんすかい」

「父上に劣らぬ名医の素質を持ちながら、無宿の渡世人とは、まことに惜しい」

「さあて、どんなもんでござんしょうねえ」

姫四郎は、屈託のない笑顔を見せていた。小沢道庵のほうが、深刻な表情で考え込んでいる。

時田の金吾の子分たちが、一枚残らず雨戸を開放した。朝の冷気とともに、新鮮な日射しが賭場を明るくした。青照寺という小さな山寺の境内は朝霧に包まれていて、杉の林が墨絵のように見え隠れしている。

ここは信州も美濃との国境に近い中仙道は須原の宿はずれ、青照寺の古い庫裡であった。青照寺に庫裡が新築されて以来、この古いほうの庫裡は時田の金吾の貴重な賭場として使われているのだった。

病人の手当ても終わった。

夜も明けた。

賭場の客たちは青照寺の庫裡を出ると三々五々、朝霧の中へ散っていった。最後に、小沢道庵も姿を消した。残った賭場の客は北川源之進という浪人、それに姫四郎とお島の三人だけであった。

「ご浪人さんはこのまま、寝かしておいてやっておくんなはい。目が覚めたときには、元気になっているはずでござんすよ」

姫四郎がお島と並んで草鞋をはきながら、背後の金吾親分と子分一同に言った。

「いやあ、それにしても助かったぜ、乙姫さんよ」

まだ四十そこそこで身内も少なく、貧弱な縄張りを何とか保っているという心細い金吾親分は、もう手放しの喜びようであった。死者が出たりすれば、賭場にケチがついて被害甚大である。

「大したことじゃあござんせんよ」

姫四郎は黒の手甲脚絆を改めてから、朱塗りの鞘を鉄環と鉄鐺で固めた長脇差を腰に押し込んだ。

「実はこの二、三日、賭場での騒ぎは何としてでも防がなくっちゃあならなかったのよ。この西の馬籠宿に、鬼面の勘吉という盗賊の頭が潜伏しているってことがわかって、名古屋と上松から尾張さまの役人衆が押し寄せるとかいう話でな。そんなときに、賭場で何かあってみねえ。鬼面の勘吉との関わり合いを問われて、お手入れを喰らうってことにならあな」

時田の金吾は、生気を取り戻したこともあってよく喋った。喋りながら金吾は何度か迷った挙句、二枚に決めた小判を懐紙に包んで差し出した。

「これはまた、何のまじないで……」

黒に白の細縞の薄汚れた道中合羽を引き回しながら、姫四郎は切れ長な目で悪戯っぽく笑った。

「あの浪人に代わって、おれが払う治療の礼金だ」

何となくまだ惜しそうな顔つきで、金吾親分は二両の紙包みを見やっていた。

「親分、そいつは頂けやせん」

かなり痛んでいる三度笠をかぶりながら、姫四郎はとぼけた顔で笑った。

「二両じゃあ、不足だってえのかい」

金吾親分は狼狽して、二両の金包みを強く握りしめた。

「とんでもねえ。人を生かすのも殺すのも、あっしには道楽みてえなもんなんでござんすよ。道楽をして礼金を頂いたんじゃあ、罰があたりやす。ごめんなすって……」

姫四郎は身を翻えすと、庫裡の土間から板戸の外へ消えた。あとに、姫四郎のクスッという笑い声だけが残った。

三

須原から、中仙道を西へ向かう。

深い谷、絶壁、眼前に迫る山々、坂道、幾筋もの川に架かった橋、急流といったふうに変化に富んだ東木曽路も、もう終わりに近い。馬籠峠を越えればその先は西木曽路、そして美濃国であった。

東木曽路は難所の多い山道ばかりで、人が住むところも少なかった。地形の悪さばかりではなく、寒気が厳しすぎるせいもある。田畑がなくて、人家も板だけを使った粗末な造りだった。

だが、山には桜、桃、紅梅が多い。春を迎えると、桜も桃も紅梅も一斉に花を開く。険しい悪路続きの東木曽路にも、それなりの情緒が感じられる。のどかな春を、遠くの青空の白い雲に見て、旅人たちは東木曽路をすぎていく。

しかし、今日の街道筋には、そのようなのんびりしたムードが欠けていた。何か、気忙（きぜわ）しいのである。旅人たちは先を急ごうとするし、土地の人々も落着きを失っている。それが、一種の緊迫感になっているのだった。

どうやら、時田の金吾親分が言っていたことは事実らしい。馬籠宿に鬼面の勘吉という盗賊の頭が潜伏しているとわかり、尾張藩の役人が逮捕のために押し寄せるというのである。

そうだとしたら、この一帯は大変な騒ぎになる。関係のない人間までが、どんなとばっちりを食うかわからない。当然、旅人たちは一刻も早く通りすぎてしまおうとするし、土地の人々も落着けないわけだった。

乙井の姫四郎は、そうした緊迫感に捉われることがなかった。暢気に構えているのでもなければ、楽観主義に徹しているというのでもない。なるようにしかならないのだから、気にかけても仕方がない。つまり、どうでもいいのである。

姫四郎はふと、歩きながら聞こえてくる唄を耳にとめていた。甲高い女の声だった。澄んでいて通りがよく、なかなかいい声である。馬子唄や追分節ではないが、東木曽路の街道筋で聞くのに相応しい歳事唄だった。

正月はええもんだ
割木のような魚そえて
雪のようなまま食って

月のようなモチ食って
黒豆みたいな目をむいて
囲炉裏にあたってねんねこしょ

姫四郎は、振り返った。唄の主は思った通り、お島という洗い髪の女であった。姫四郎が歩く速度を緩めると、すぐにお島が追いついて来た。お島は歌いながら、媚びるような目で姫四郎を見た。

「尾張から三河あたりで、よく聞く唄でござんすね」

姫四郎は、ニヤリとした。

「おやまあ、さすがは旅馴れておいでの乙姫さん……」

お島は並んで歩きながら、姫四郎の二の腕に軽く肩先をぶつけた。

「おめえさん、尾張か三河のお人でござんすね」

姫四郎は訊いた。

「そうなんですよ。尾張名古屋の安達の義兵衛って博奕打ち、実は二足の草鞋の十手持ち。この安達の義兵衛ってのが、わたしの亭主だった男でねえ」

お島は、艶っぽく笑った。白の手甲脚絆に杖を持ち、腰に荷物を巻きつけた洗い髪の女の道中姿が、ひどく粋な感じであった。

「亭主だったってことは、いまは亭主じゃあねえってわけで……？」

姫四郎は、生干しのイカを齧った。

「去年の暮れに、死んじまったのさ」

お島は、空を見上げて言った。

「そいつは何とも、もってえねえ話でござんすねえ。おめえさんみてえないい女をひとり残して冥土へ旅立つなんて、よほど思いきりがよくなけりゃあできることじゃあござんせんよ」

「思いきりがいいも悪いも、殺されたんじゃ冥土のほかに行くところがないだろ」

「殺された……？」

「そうなんですよ」

「十手持ちを手にかけたとなると、相手は悪の水にどっぷり浸かった野郎と相場が決まっておりやすね」

「お察しの通り、亭主を手にかけたのは鬼面の勘吉の一味でねえ」

「そいつはまた、恐ろしい話でござんすねえ」

「この二、三日中に馬籠宿で、鬼面の勘吉が御用弁になるって話を聞いて、せめても腹癒せにわたしも見物に出向こうって次第なのさ」

「なるほど……」

「鬼面の勘吉ってのは、血も涙もない鬼のような悪党でね」

お島はその可愛い唇のあいだから、地面へピッと唾を吐きつけた。

お島の話によると鬼面の勘吉とその手下は、去年一年間に尾張名古屋の御城下で五軒の商家を襲い、八人を殺し、十九人に傷を負わせ、六人の女を犯し、三百数十両を強奪したのだという。

そして去年の暮れに、内偵中の十手持ち安達の義兵衛を殺したあと、鬼面の勘吉とその手下は完全に消息を絶ってしまった。どうやら全員バラバラに、四方へ散ったらしい。尾張藩では大藩の面目にかけてもと、鬼面の勘吉の探索を続けていた。

ところが、数日前になって、吉報が舞い込んだ。中仙道の馬籠宿に、鬼面の勘吉が潜伏している。扇屋という旅籠で二カ月前から勘太郎と名乗り、下男として働いている男こそ間違いなく鬼面の勘吉である。と、確かな情報が、もたらされたのであった。

尾張藩ではすぐさま、馬籠宿を封鎖させることにした。中仙道の上松に、尾張藩の陣屋がある。その上松陣屋から密かに出動した一隊が、妻籠宿(つまごしゅく)に非常線を張る。それで馬籠から東の中仙道と、飯田へ抜ける大平(おおだいら)街道が封じられたことになる。

あとは、中仙道の馬籠より西の部分だけであるが、この街道筋は名古屋からくる尾張藩の本隊によって塞がれる。馬籠宿にいる鬼面の勘吉は、袋のネズミとなるわけである。二、三日中に本隊が到着すれば、馬籠宿では直(ただ)ちに捕物が始まるはずだった。

「まあ、こういう事情ってことなのさ」

お島は一通りの説明を終えたあと、また例の歳事唄を歌い始めた。

正月はええもんだ
割木のような魚そえて
雪のようなまま食って
月のようなモチ食って
…………

須原から一里三十丁で野尻、更に二里半で三富野(みとの)につく。女の足が一緒なので、須原から三富野まで六時間もかかってしまった。三富野の煮売屋で遅い昼食をすませて、次の妻籠までが一里半、約六キロの距離である。

妻籠橋など四つの橋を渡り終えたとき、山の彼方(かなた)に沈もうとする真紅の夕日を見た。妻籠宿の手前で、使われないままに朽(く)ち果てた掛け茶屋を見つけた。姫四郎にとっては、このうえない恰好(かっこう)の野宿の場所であった。

「あっしは、ここで野宿を致しやす」

姫四郎は、板囲いだけになっている廃屋へ近づいた。お島も街道からそれて、姫四郎のあとを追って来た。二人は、小屋の中を覗いた。土間と板壁だけで、茶碗のカケラも残っていない廃屋であった。

「わたしは妻籠まで行って旅籠に泊まるよ」

廃屋の中へははいらずに、お島が言った。

「そいつは未練な話だが、まあ仕方ねえことで……」

姫四郎は土間に立ったまま、片目をつぶるようにして笑った。

「何が、未練なんだい」

お島も、色っぽく笑っている。

「おめえさんと、しっぽり濡れることができねえ今宵が、未練だってわけでさあ」

「わたしだって一夜の夢にと、お前さんみたいな色男に可愛がってもらいたいんだけどさ」

「亭主を亡くして何日もひとり寝を続けているのは、脂が乗りきった年増の身体には何よりの毒でござんすからね」

「だから、わたしもお前さんに、その毒を抜いてもらおうと思っているのさ。でも、いまじゃない」

「いつのことなんですかい」

「わたしに、手を貸しておくれかい。手を貸してくれて首尾よくいったら、骨まで蕩けるくらいお前さんに可愛がってもらうんだけどね」

「何だか知りやせんが、お引き受け致しやしょう」

「本気なんだね。乙姫さん」

「本気でさあ」

「だったら、わたしも約束するよ。事がすんだら、わたしはその場で乙姫さんのものになるからね」

「それで、手を貸すとは、いってえ何をやらかすんで……」

「仕事は、明日でいいんだよ」

「そうですかい」

「明日になったら、わたしがここへお前さんを迎えにくる。そのとき、どんなふうに手を貸してもらうのか、話して聞かせようじゃないか」

と、お島はいきなり、姫四郎の手をとった。そのままお島は、姫四郎の手を自分の胸へと導いた。姫四郎は、逆らわなかった。衿の内側には、お島の火照るような熱い肌があった。

「ね……」

お島は、柔らかい胸のふくらみに姫四郎の手を押しつけて、甘えるように笑った。

「これが、内金でござんすかい」

ニヤリとして姫四郎は、お島の乳房をまさぐった。

「じゃあ、明日……」

姫四郎の手を抜き取ると、お島は素早く背を向けて、夕闇が濃くなった街道のほうへ走り去った。

それを見送る姫四郎の顔から、笑いが消えていた。

四

翌日の正午まで、乙井の姫四郎はお島を待った。だが、お島はついに、姿を現わさなかった。姫四郎は、使われなくなって久しい掛け茶屋の廃屋を出ると、中仙道を西へと向かった。

途中、鬼面の勘吉の噂話を、小耳にはさんだ。鬼面の勘吉は、馬籠宿の扇屋という旅籠屋の奉公人になりすまして、名前も勘太郎と変えていたのである。そうした潜伏手段が、そもそもおかしかった。

当時の他所者嫌いというのは徹底していて、流れ者がどこかの土地に住みつくことは、よほどのことがない限り不可能であった。ましてや、身元保証人もいない流れ者を奉公人に雇ったりすることは、まずあり得なかった。

では、鬼面の勘吉はどうして、扇屋の奉公人になりすますことができたのか。一つだけ、方法があったのだ。扇屋は、旅籠である。旅籠であればなおさら、その方法を用いることが容易なのであった。

旅籠に三、四日、滞在する。朝から一日中、酒を飲む。ご馳走は食べ放題、女を集めてドンチャン騒ぎ。もちろん、夜になれば女を抱く。さんざんいい思いをしておいて、いざ支払いというときになって実は無一文と白状する。ほんの少々の無銭飲食とは、わけが違う。こうした場合の損害賠償は、どうするか、飲食代と遊興費を払い終えるまで、労働力を提供することになる。つまり半年でも一年でも、その旅籠の下男となって働くというのが、慣行になっていたのである。

鬼面の勘吉もその非常手段に訴えて、扇屋の奉公人になりすましたのであった。もちろん鬼面の勘吉が、無一文であろうはずはない。恐らく金をどこかに隠し、無一文になって扇屋に泊まったのに違いない。

そんなこととは知らないから、扇屋ではやむなく鬼面の勘吉を下男として使う羽目となる。この二カ月間、勘太郎こと勘吉は下男としてよく働いたらしい。同じ扇屋の下男で六助というのが、よく勘太郎の面倒を見てやったせいもある。

そうした噂を耳にしながら、乙井の姫四郎は妻籠宿にはいった。妻籠の先二里、約八キロのところに馬籠宿がある。姫四郎は妻籠宿の煮売屋に寄って、腹ごしらえをすることにした。

一昨夜の青照寺の賭場で負け続けたので、懐具合が心細かった。姫四郎は麦飯に煮込み汁を頼んで昼飯をすませた。満腹しないせいか、右手首の大珠五十四個の数珠が、重く感じられる。

「鬼面の勘吉がついさっき、馬籠の扇屋から逃げ出したそうだ！」

煮売屋へ土地の若い衆が飛び込んで来て、大きな声を張り上げた。

「本当かね！」

煮売屋の亭主が、不安そうな顔で応じた。

「たったいま、聞いた話だ。まわりの様子がおかしいと、勘吉は感づきやがったんだろう」

「それで、誰かが追っているのかい」

「追うものかね。馬籠の衆にしたって、盗賊の鬼面の勘吉だと知りゃあ、ただ尻込みをするだけよ」

「扇屋の旦那たちは、勘太郎の正体が鬼面の勘吉だってことを、それとなく知らされていたんだろう」

「そりゃあそうだ。勘太郎という奉公人から目を離すな、逃がさないようにしろと、上松の御陣屋から内々のお達しがあったばかりらしい。ところが、その勘太郎が逃げ出した。そうなりゃあ、扇屋だって恐ろしさが先に立ち、どうすることもできやしねえ。知らん顔でいるほかは、ねえだろうな」

「そうだなあ」

「ただひとり、扇屋の六助って下男が、勘太郎のあとを追っていったそうだ」

「六助ってのは、勘太郎に親切にしてやっていたという若い衆だろう」

「そうだ」

「まさか、こっちへ逃げてはこねえだろうな」

亭主はもう、いまにも震え出しそうであった。

「いや、わからねえぞ。馬籠峠へ、逃げ込んだって話だから……」

若い衆はふと姫四郎に気がついて、恐れをなしたようにいやな顔をした。

姫四郎は銭を置くと、その若い衆にニヤリと笑いかけながら立ち上がった。

姫四郎は、煮売屋を出た。妻籠宿を、西へ抜ける。大平街道との追分をすぎると、もう山道であった。馬籠峠にさしかかり道は上りになる。この峠を越えたところで、東木曽路は終わりであった。

山桜が満開で、もう散り始めた花びらを風が運んでくる。だが、反対方向からくるはずの旅人の姿が、まるで見当たらない。旅人の足が途絶えているのは、この先で何かあったという証拠である。

　果たして、馬籠峠を下って深い谷間へはいったとき、そこで大勢の旅人たちが足をとめているのを見た。下り谷というところであり、谷川が音を立てて流れている。十二間の板橋が架かっていて、その橋の近くに女滝、男滝という二つの滝があった。

「恐ろしかったですよ。その勘太郎というのが、旅のご浪人さんにドシンとぶつかった。無礼者と、浪人はいきなり刀を抜いた。勘太郎は、あの滝のほうへ逃げて林の中に駆け込んだ。浪人者は抜き身を手にして、そのあとを追ったんですよ」

「そのあと、ぎゃあって恐ろしい叫び声が聞こえましてねえ」

「林の中から浪人が、刀の血を払い落としながら出て来ましたよ」

「それから、あの若い衆が林の中へ走り込んで、勘太郎というのを担ぎ出して来ましてねえ」

「あの若い衆は、同じ扇屋の奉公人で、六助とかいうんだそうですよ」

「その六助に背負われた勘太郎を、見ましたか」

「ええ、怖いもの見たさにねえ。わたしはもう、気が遠くなりましたよ」

「わたしも、あんなに恐ろしいものをこの目で見たのは、生まれて初めてでございますよ。まるで赤い水でも浴びたみたいに、勘太郎の顔は血で真っ赤……」

「それから、肩や胸も血に染まっておりました。あんなに血だらけ、血まみれになっていても、勘太郎はまだ生きていたんでしょうかねえ」

「あの六助というのが、馬籠へ運んで医者に手当てを頼むのだと申しておりましたから、まだ息があったんでしょうねえ」

「噂によると、あの勘太郎というのは恐ろしい人殺しの盗賊だそうですから、どっちみち長い命ではなかったんでしょう」

「それにしても、あの浪人には凄みがありました。左肩を怪我しているらしく、左腕を吊っておりましたな」

こうした人々の話を聞いただけで、姫四郎はその場を通り抜けた。その旅の浪人は、逃げた鬼面の勘吉が、ここで浪人者に斬られたのである。姫四郎が青照寺の賭場で、左肩に故障があったという。昨日の明け方、姫四郎が青照寺の賭場で、左肩から鉛玉を抜き取ってやった北川源之進という浪人に違いなかった。

一方、重傷を負った勘吉は、六助によって馬籠宿へ運ばれたらしい。六助は勘吉を、医者に見せる気なのである。しかし、山中の宿場である馬籠に、医者などいるものなのだろうか。

姫四郎は、足を早めた。嶺村、清水、岩田といった小さな山村をすぎて、陣場坂をのぼると馬籠宿であった。急な坂道の両側に、七十戸ほどの人家が軒を並べている。そのうち十八軒が旅籠で、人口が七百余人という小さな宿場である。

小さな宿場だし、扇屋の前に人だかりがしているので、勘吉がどこへ運び込まれたか、すぐに察しがつく。六助は勘吉を、扇屋へ運び込んだのである。当然である。扇屋以外のどこへ運び込もうとしても断わられたはずである。

「ちょいと、お尋ね致しやす」

扇屋の奉公人らしい女に、姫四郎は声をかけた。

「はい」

女は脅えきった目で、姫四郎を見やった。

「こちらへ担ぎ込まれた怪我人は、どうなったでござんしょう」

「裏の離れに、寝かせましたが……。ついさっき、息を引き取りました」

「仏になりやしたかい」

「はい」

「それで仏になるまで、医者が怪我人の手当てをしたんでござんしょうか」

「はい。できるだけの手は、尽くしたとかで……」

「この馬籠宿に、よく医者がおりやしたねえ」

「たまたま当家にお泊まりのお客さんの中に、旅のお医者さんがおいでだったんです。小沢道庵先生という……」

「ほう、そうだったんですかい」

姫四郎は、ニッと笑った。

小沢道庵とは、青照寺の賭場で一緒になった坊主頭の医者である。まことに、妙な因縁であった。北川源之進に斬られた勘吉に、小沢道庵が手当てを施したというのだ。

北川源之進と小沢道庵は、青照寺の賭場で触れ合いを持っている。それに、同じ賭場で知り合ったお島という女が、行方知れずになっているのである。

人だかりは、扇屋の裏まで続いていた。姫四郎も人をかき分けて土間を抜け、扇屋の裏庭にある離れに近づいた。一部屋だけの離れは、いまにも崩れ落ちそうな建物だった。

薄い夜具のうえに、人の寝姿があった。その手前にすわっている坊主頭の男は、紛れもなく信州松本の町医者小沢道庵である。すぐ近くまで寄れないので、よくは見えないが、死骸は血でひどく汚れているようだ。

北枕、逆さ屏風、胸のうえで組み合わせた手、そして腹のうえに置かれた短刀と、あとは検視を待つだけの仏であった。いや、そればかりではない。すでに、早桶まで用意してあった。

やがて宿役人たちの案内で、陣笠をかぶった武士が到着した。馬籠宿のすぐ東にある尾張藩の御番所から、藩士が検視に駆けつけたのである。

小沢道庵が、仏の顔のうえの白布を持ち上げた。乾いてドス黒くなった血におおわれている仏の顔を、検視の尾張藩士は立ったままで見おろした。

「鬼面の勘吉に、相違ない」

尾張藩士は人相書と見比べてから、重々しい口調で言った。

「悪人といえども、哀れな……」

と、小沢道庵が仏の顔に、白布をかけた。

「それにつけても、旅の医者どのがおられたので、大助かりであった。あとは無縁仏として葬ってやれば、鬼面の勘吉の一件も落着だ」

尾張藩士は満足そうに、離れを出ながら宿役人たちに言った。

若い衆が早桶を、離れの中へ持ち込んだ。その若い衆が、六助という奉公人なのに違いない。

「見せ物ではない。宿内の者は直ちに散って、家業に精を出すように……」

尾張藩士が、そのように下知した。群集は潮が引くように、扇屋の裏庭やその周辺から姿を消した。

五

鬼面の勘吉は死んだ。その死骸は六助が西運寺（さいうんじ）という山寺へ運んで、無縁墓地に埋めることになった。扇屋の奉公人が二、三人付き添って、西運寺へ向かった。勘吉とウマが合っていた六助は、最後まで面倒を見てやる気なのである。

勘吉を斬った浪人は、お構いなしということになるだろう。悪人を斬ったのだから、そのまま見逃がすわけである。尾張藩としても、名古屋や上松から人数を繰り出すことなくすんだので、大助かりのはずだった。

姫四郎にとっても、もう馬籠は用のないところであった。どこへ消えようと、勝手である。だが、一つだけ、気がかりになっているのが、お島のことだった。依然として、お島の行方はわからない。

姫四郎に頼みたいことがあると言っていたし、そのために乳房まで触らせたお島であった。しかし、それっきりお島は、姫四郎の前に姿を現わさない。旅人同士にしても、話がいいかげんすぎる。

姫四郎は何を思ったか、馬籠から東へ向かった。来た道を、戻ることになる。姫四郎は足の運びを、一定のリズムに乗せた。そうなると、旅人の足は早い。姫四郎は次々に、人や馬を追い抜いた。

下り谷まで引き返すと、姫四郎は女滝、男滝を目ざして林の中へ踏み込んだ。北川源之進が、鬼面の勘吉を斬った場所である。姫四郎は、地面に滴り落ちて凝固した血を、捜しながら進んだ。

滝と谷川の音が、大きくなった。その音にかき消されながら、微かに歌声が聞こえてくる。姫四郎は、その歌声を追った。

　正月はええもんだ
　割木のような魚そえて
　雪のようなまま食って
　…………

お島が歌っていた尾張・三河地方の歳事唄だが、その声は弱々しく、節回しも狂っている。姫四郎は、お島を見つけた。お島は女滝と男滝を目の前に、谷川の岸辺の木陰に倒れていた。

周囲に、乾いた血が飛び散っている。お島の顔から血の気が失せていたし、唇にも色がなかった。お島の左腕が、袖ごとなくなっていた。二の腕の真中あたりで、切断されているのである。

少し離れたところに、袖にくるまったお島の左腕が転がっていた。アリやハエが、集まって来ている。左腕を切断されてから、もう三時間以上はたっているだろう。普通ならば、出血多量で死んでいるはずである。

だが、お島の左腕の付け根に、荒縄が深く食い込んでいる。腕の付け根を荒縄で固く縛って、止血したのであった。それでいまは出血がとまっているし、腕の切断面も赤黒く血が凝固していた。

「乙姫さん……」

嬉しそうに笑って、お島は乾いた唇を動かした。

「いってえこいつは、どういうことなんでござんす」

振分け荷物の中から、姫四郎は晒木綿と油紙と癒瘡油をとり出した。いまさら手当てをしても効果はないと、姫四郎にはわかっていた。体内の血のかなりの量が、流れ出てしまっている。

　血がとまったところで、もう手遅れである。身体が衰弱しきっているし、心臓(しんぞう)がもたないだろう。いまは気力で生きているようなもので、それも今日いっぱいというところだと、姫四郎は判断していた。

　しかし、形だけでもやることだけは、やっておかなければならない。姫四郎は、腕の付け根を縛っている荒縄はそのままにしておいて、そっとお島を抱き起こした。お島の身体は、冷たくなっていた。

「ドジを、踏んじまってさ」

　目を閉じるとお島は、自嘲的(じちょうてき)な笑いを浮かべた。

「何かを、やらかしたんですね」

　姫四郎は癒瘡油を塗った油紙で、お島の左腕の切断面を包んだ。

「あの北川源之進という浪人を見かけたんで、妻籠宿からここまであとを追って来たんだよ」

　お島は寒いらしく、歯をカチカチと鳴らした。

「ところが、そいつをあの浪人に、読まれていたってわけですね」

　油紙のうえに、姫四郎は晒木綿を巻いた。

「そうなんだ。源之進のやつったら、その街道の脇に隠れていて、あとから来たわたしを捕えると林の中へ連れ込んでさ、ここまで、引きずって来やがった」

「それで……」

「荒縄でわたしを、この木に縛りつけたあと、当て身を喰らわせやがった。わたしは、気を失っちまったよ」

「気がついたときには、どうなっていたんでござんす」

「あの源之進に、左腕を切り落とされたときさ。でも、わたしの左腕があそこへ飛ぶのを見て、また気を失っちまってね」

「無理もねえ」

「次に気がついたときには、血をとめることに夢中だった。乙姫さんがやったみたいに、腕の付け根を荒縄で強く縛ってさ。また、わたしを縛ったこの荒縄が、とんだところで役に立ったんだけどね」

「よくひとりで、手めえの腕の付け根を、縛ることができやしたね」

「右手と口を使って、何が何でもと縛っちまったんだよ」

「まったく、気丈(きじょう)なことで」

「死にたくないって一心からさ。あとは誰かに見つけてもらおうと、唄を歌っていたんだよ」

「まさか、あっしがくるとは、思ってもいなかったでしょうよ」

「そうなんだ。乙姫さんがたまたま、こんな林の奥まではいって来て、わたしを見つけるなんてことが、あろうはずはないしさ」

「ちょいとしたことに気がついて、行方知れずのおめえさんはここにいなさるんじゃあねえかと思い、あっしはわざわざ捜しに来たんでさあ」

「どうして、わたしがここにいるって、見当がついたんだい」

「その前に、お島さんに訊いておきてえことがあるんですがねえ」

「何だい」

「おめえさんは何だって、北川源之進のあとをつけたりしたんですかい」

「わたしはね、実を言うと鉛玉を撃ち込まれた野郎を捜し求めて、旅を重ねて来たんだよ。亭主の義兵衛は鬼面の勘吉の一味の手にかかって死んだとき、息を引き取る前にわたしにこう言ったんだ。おれも相手に一発ぶち込んでやったが、そいつがもし死ななかったときには仇討ちを頼むってね」

「安達の義兵衛さんは、短筒を使ったんでござんすかい」

「十手だけじゃ勝ち目のない相手だと、短筒を持ち出してねえ」

「それで、その鉛玉を喰らった野郎が死んだって気配がねえもんで、おめえさんは仇討ちの旅に出なすった」

「鉛玉をぶち込まれたなんてやつは、そう何人もいないはずだからね。きっと見つけてやるからって、去年の暮れから旅を続けて来たんだよ。それで昨日の明け方、青照寺の賭場で見つけた鉛玉をぶち込まれたやつというのが、あの北川源之進だったたんだ」

「おめえさんがあっしに力を貸せと言ったのは、北川源之進を討つのに助太刀してくれってことだったんですね」

「そうなんだ。ところが、ひとりで北川源之進を追ったりしたのが運の尽きで、こうして返り討ちにされちまったたってわけさ」

お島はうっすらと目をあけて、赤く染まった空を見上げた。

「いまからだって、間に合いやすぜ」

姫四郎は、お島の右腕を首に回した。そのまま背を向けて、お島を腰に乗せた。お島を揺すり上げて背負うと、姫四郎は林の中を街道へ向かった。

街道に出てから、目ざすは再び馬籠宿であった。暮れ六ツまで、もういくらもない。お島は口もきかずに、姫四郎の肩に顔を伏せていた。ぐったりとなっていて、お島の洗い髪が姫四郎の三度笠に触れるだけだった。

姫四郎は夕焼け空を見て、黙々と歩き続けた。人ひとり背負っているとは、思えないような足の早さであった。西の山々の彼方に日が沈み、空から夕焼けが消えた頃、姫四郎は馬籠宿の扇屋にたどりついた。

「ごめんなせえやし！」

敷居をまたがずに、姫四郎は店の奥に声をかけた。

「はあい」

と、顔を覗かせたのは昼間、姫四郎の質問に答えた女中であった。

「恐れ入りやす、六助さんにお目にかかりてえんでござんすが……」

姫四郎は言った。

「六助さんなら、いま出かけてますよ」

女中は胡散臭そうに、姫四郎と背中のお島を眺め回した。

「どちらへ、出かけなすったんですかい」

「お客さんを、送って行ったんです。途中で暗くなると足もとが危ないからって、十曲峠の向こうまでお客さんを送ってくるって……」

「十曲峠となると、西でござんすね」

「はい」

「ごめんなすって……」

会釈を送ると、姫四郎は扇屋の前を離れた。

馬籠宿の坂道をのぼりつめると、木曽山中の闇が厚くなった。よほど旅馴れていないと、月明かりも頼りにならない危険な道で、夜旅などできるものではなかった。しかし、旅馴れていることでは人後に落ちない姫四郎であり、今夜は三日月も空にかかっている。

姫四郎は変わらぬ速度で、夜の山道を歩いていく。

馬籠から一里と五丁で落合であり、その間に十曲峠がある。土地の人は十石峠と呼ぶが、旅人のあいだでは十曲峠で通っている。十曲峠とは、それだけカーブが多いということなのだ。

また、そこは信州と美濃の国境でもある。十曲峠までは信州だが、そこを越えれば美濃であった。

姫四郎は急ぐ。夜ともなれば、人っ子ひとり、人家の明かり一つ、見当たらない峠路である。それに、気温も下がる。背中でお島が、震え始めていた。寒さのせいばかりではなく、血の少ないお島の身体の衰弱がひどくなったのだ。

「もう、すぐでござんすよ」

姫四郎が言った。

「本当に、北川源之進がいるのかねえ」

お島はあかない目で、空の三日月を見上げた。息だけが、熱かった。

「間違いなく、おりやすよ」

姫四郎は、路上から目を離さなかった。峠路は延々と、カーブを続けている。

十曲峠の頂上が、ようやく視界にはいって来た。道が真直ぐになったのである。

六

十曲峠の頂上に親地蔵、子地蔵と呼ばれる大小二体の石地蔵が、向かい合って置いてある。頂上の北側が、急な崖になっていて、はるか下に樹海が広がっている。二体の地蔵は、頂上の東西にあった。

そのうちの子地蔵のほうが、地上に転がっていた。そこには、四つの人影があった。子地蔵の台座をどかして、その下を掘っているのである。四人のうちのひとりが、掘った穴の中から包みを三つばかり取り出した。

あとの三人が、泥まみれの包みの中身を、地面にぶちまけた。包みに見えたのは皮袋であり、中身は小判であった。三人は小判の枚数をざっと調べて、しきりと頷(うなず)いている。

「間違いなく、百五十両ある」

ひとりが、満足そうに言った。

「こっちには、百両だ」

もうひとりが、ヒッヒッヒと笑った。

「ここに、百両だ」

三人目が、ぽんと皮袋を投げ出した。

「一枚も、減ってはおりやせんでしたね」

穴を掘った若い男が、目をギラギラさせていた。その若い男は、扇屋の六助という奉公人であった。

「当たり前だ。石地蔵の下に小判が埋めてあるなどと、誰が思うものか」

と、立ち上がった浪人は、北川源之進である。

「全部で三百五十両……」

感慨深げに頷いたのは、坊主頭の小沢道庵だった。

「去年一年かかって、鬼面の勘吉とその一味が稼いだ三百五十両が、そっくりここにあるわけだ」

六尺手拭いで頬かぶりをした男が、三つの革袋を寄せ集めた。

「このまま中仙道を西へ、京まで足をのばすんでしょう」

六助が訊いた。

「いや、大坂まで行くんだ」

小沢道庵が答えた。

「大坂でのんびりして、酒と女で夜を過ごしながら、金のありそうな商家に目星をつけるのさ」

北川源之進が、六助の肩を叩いた。

「新参者のおいらにはよくわからねえが、そうなると次は大坂で荒稼ぎをするってわけですね」

六助が地面に、鍬を投げ捨てた。

「そうよ。太く短く生きるのが盗賊稼業、旅籠の奉公人などよりもずっと楽しいぞ」

北川源之進が、低い声で笑った。

「六助を仲間に加えて、これで鬼面の勘吉一味は四人になったわけだ。大坂ではもっと、荒っぽいことをやるぜ」

頬かぶりの男が言った。

「お頭、鬼面の勘吉はもういけませんな。鬼面の勘吉はもうこの世の物ではなく、西運寺の墓場で眠っている無縁仏なんですからね。一つ、異名を変えましょう」

小沢道庵が、そう提案した。

「じゃあ、仏の勘太郎とでもするか」

頬かぶりの男が、野太い声で笑った。ほかの三人も、笑い声を合わせた。

お頭と呼ばれたその男、もちろん鬼面の勘吉である。

尾張藩の追及から完全に逃がれるための大芝居については、説明を聞かなくても見当がつく。鬼面の勘吉はまず、扇屋の下男六助を仲間に引っ張り込んで、手下のひとりに加えたのである。

配役は、北川源之進が斬り役。六助が、勘吉を馬籠の扇屋へ運び、医者に手当てを頼む役。

その扇屋にたまたま居合わせて、勘吉の死を確認する医者が、小沢道庵なのである。

勘吉を早桶に詰めて西運寺まで運び、空気穴を作ったり脱出しやすいようにしたりで埋めるのも、また六助の役目であった。

北川源之進は人目につかない林の奥で、勘吉の代わりにお島を斬った。そのうえで、血刀だけは旅人たちに見せている。勘吉は悲鳴だけ上げて、あとはお島が流す多量の血を顔や身体に浴びればいい。

その勘吉を六助が扇屋へ運び、小沢道庵が手当ての甲斐なく死んだと宣告する。勘吉が死んだ真似をするのは苦しいが、本物の血を顔と身体に浴びているし、医者が死んだと言うので、検視の尾張藩士も騙されたというわけだった。

「そのカラクリを、読んだ者もいるんでさあ」

姫四郎の声が飛んだ。

四人の男が、愕然となって向き直った。

「お前は……！」

「乙姫……！」

北川源之進と、小沢道庵が叫んだ。

「だから、こうしておめえさんたちに生き血を吸われた人を、連れて参ったんでござんすよ」

姫四郎は、ニヤリとした。

「何でえ、この野郎は……」

鬼面の勘吉が、白鞘の短刀を抜き放った。

「血まみれの死人を作りてえからって、ほかの者を手にかけるとは、ちょいとばかり悪戯がすぎやあしやせんかい」

姫四郎の左手が、長脇差の柄を握った。

「姫四郎どのに、関わりのないことだ。手を引け！」

小沢道庵が言った。

「そうはいかねえ。今度の道楽はとことんやってみてえって、そんな気になっちまったんでござんすよ」

姫四郎は、腰をひねった。左手で長脇差を、鞘走らせたのである。逆手に握った長脇差が、三日月に映えてキラリと光った。

姫四郎は、真直ぐに突き進んだ。お島を背負っていることが嘘のように、身のこなしが軽やかであった。鬼面の勘吉に、逃げる余裕を与えなかった。姫四郎の長脇差が、横から勘吉の右腕に食い込んだ。

「ぎゃあ！」

空を仰いで、鬼面の勘吉が絶叫した。その勘吉の短刀を握った右手が、二の腕で切断されて足もとに落ちていた。

「仏が逃げられるはずはねえんで……」

姫四郎は下から、長脇差をはね上げた。

勘吉は顎から顔を、真二つに割られていた。倒れ込んだ勘吉の顔は、血にまみれて真っ赤に染まっていた。今度こそは、本物の自分の血であった。

姫四郎は振り向くこともなく、逆手に握った長脇差を背後へ繰り出した。長脇差は、小沢道庵の胸板を貫いていた。姫四郎は抜き取った長脇差を宙にほうり上げて、正常な握り方に左手で受けとめた。

その長脇差で姫四郎は、六助の首を半分ほど断ち割った。六助は大きくのけぞって、崖のうえから飛び出ていた。六助の姿は、声もなく消えた。間もなくバサッと、樹海の中に落ち込む音が聞こえた。

「姫四郎どの……」

地上に倒れている小沢道庵が、苦しそうに声を絞り出した。

「わしもむかしは、本物の医者だったのだ。その証拠に杉田玄白、華岡青洲ばかりか、内藤了甫先生の名まで知っていたではないか。わしも腕さえよければ、盗賊にまで堕ちはしなかっただろう。そう思うだけに、姫四郎どのの医術の腕が、まことに惜しい……」

　小沢道庵は、そこで絶句した。

「医は仁術なりを忘れたばっかりに、おめえさん同様、神経なんて医術語さえ知らねえ医者が多くなりやしたぜ」

小沢道庵の顔を見おろして、姫四郎は言った。自嘲的に笑った顔で微かに頷き、小沢道庵は目を閉じた。絶命したのである。

「さて、お島さん、どう致しやしょう。目の前に、北川源之進がおりやすよ」

　背中のお島を、姫四郎は揺すり上げた。

「乙姫さん、お前さんには申し訳ないんだけど、北川源之進の身体にもう一度、鉛玉をぶち込んでもいいだろうかねえ」

　いつの間にかお島は、姫四郎の肩のうえに短筒の筒先を置いていた。

「おめえさん、そんなものを持っていたんですかい」

「亭主の形見さ。紅毛人の短筒で、火縄がいらないんだよ」

「そいつをぶち込むのに、あっしに遠慮することはねえでしょう」

「だって、乙姫さん、お前さんが折角、苦労してあいつの身体から鉛玉を抜き取ったのに、また鉛玉をぶち込むんじゃ何だか悪いみたいじゃないか」

「どうぞ、お構いなく……。生かすのも殺すのも、あっしにとっちゃ同じ道楽でござんすからね」

「じゃあ、本当にいいいんだね」

「へい」

姫四郎はその場にしゃがみ込むと、頭をかかえるようにして両耳を塞いだ。その姫四郎の背中と肩で、お島は腕と短筒を支えた。

「わあっ！」

奇声を発して、北川源之進が大刀を振りかぶった。

ズドンと、音が鳴った。北川源之進が弾かれたように飛んで、地面に転倒した。お島もがっくりと、姫四郎のうえにおおいかぶさった。お島の手から、短筒が落ちた。

それから、間もなく――。

十曲峠を美濃へ下る道に、お島を背負った姫四郎の姿があった。お島はもう、生きている人間とは見えなかった。姫四郎の肩に横顔を置き、背負われていようとする気力もないようだった。

「お島さん、眠っちゃあなりやせんよ。あっしに抱かれるって約束を果たさねえうちは、おめえさんが勝手に死ぬってことも許されねえんでござんすからね。さあ、眠らねえように、歌っておくんなさい」

姫四郎は、背中のお島に言った。

「乙姫さん、明日（あした）は……？」

お島の声は、すでにかすれていた。

「生きて明日（あす）なき流れ旅でさあ」

姫四郎は、ニヤリとした。

正月はええもんだ
割木のような魚（とと）そえて
雪のようなまま食って
月のようなモチ食って

…………

乙井の姫四郎とお島の調子っぱずれの歌声が、三日月の光を浴びた二人のシルエットとともに、峠路を遠ざかっていった。

因(ちなみ)に、『神経』という言葉はこれより五十年ほど前、大槻玄沢(おおつきげんたく)が『腱(けん)』『口蓋(こうがい)』『膣(ちつ)』などとともに作った訳語である。

娘が燃えた塩尻宿

一

江戸へ五十七里と十丁。

京へ七十八里と十二丁。

中仙道（なかせんどう）は、塩尻の宿場である。東の塩尻峠の向こうには、湖と温泉で知られる下（しも）の諏訪（すわ）があった。北へは松本、善光寺に通ずる街道が伸びている。南へ走っているのは、飯田を経て東海地方に抜ける三州街道だった。

交通の要地である。

かつて、塩の運搬の終点だったことから、塩尻という地名が生まれたという。

その塩尻の宿場の中心部である高札場（こうさつば）に、何となく落着きを失った人々の姿が見られた。人々は揃って、東のほうを見やり、期待するような顔で何かを気にしている。

「気がかりでございますな」

「まったくで……」

「いまから、ここで待っていても仕方がないことだとは、百も承知でおりますが、やはり気になって家の中に落着いてはいられません」

「わたくしも、そうなんでございますよ」

「到着は、明日になりましょう」

「早くて、明日でございますな」

「いまのうちからこうしていても、仕方がありません」

「そう思いながらも、みなさん、こうしてそこへ集まっておいでになる」

「気になりますからね。それが、人情というものでございましょう」

「ところで、どちらが早いとお思いですかね」

「そうですね。わたくしは、佐渡屋さんのところの才市（さいいち）のほうが、早いだろうと思っております」

「それはまた、どうしてでございます」

「才市はまだ二十一、若いですからな。勝負を決めるのは、やはり若さでございましょう」

「わたくしは逆らうようですが、丸屋さんの定六（さだろく）のほうに分があると、見ているんですよ」

「定六は、もう三十三になりますからな。かなり、苦しくなるんじゃあないでしようかね」

「年の功というものが、ありましょうよ。若さに任せて、突っ走ったりは致しません。駆け引きということも、わかっておりましょうしね」

「さあ、どうなりますか」

「大きな声では申せませんが、わたくしは丸屋の定六のほうに、五両ほど賭けておるんでございますよ」

「五両も……」

「五両はとにかく、意地というものがございますからね。何とか丸屋さんの定六に、勝ってもらわないと困ります」

「わたくしのほうは、佐渡屋さんの才市に勝ってもらわないと、面目が立ちませんのでな」

商家の隠居らしい老人ふたりが、そうしたやりとりを交わしている。

塩尻――。

人口が七九四人。

人家が一六六戸。

うち旅籠が七五軒。

七五軒という旅館の数は、中仙道随一である。そのほかに類のない旅籠屋の数が、塩尻がいかに交通の要地であるかを物語っている。同時に、旅人の離合集散によって、活気づいている宿場であることも、立証されるのであった。

いま、塩尻の住民たちの関心は、韋駄天競走に向けられている。塩尻の海産物問屋佐渡屋の奉公人才市と、米問屋丸屋の奉公人定六が、昨日の朝明方六ツに江戸の日本橋をスタートして、この塩尻へ向かって走り続けているのだった。

江戸の日本橋から信州の塩尻まで五十七里と十丁、約二三〇キロを三日間で走り抜くのである。途中、難所が少なくない。川はまあいいとして、峠が大変だった。

特に、箱根よりも難所とされ、悪路で知られる碓氷峠がある。それに、街道が通っているところでは、日本一高いと言われている和田峠も越えなければならない。

夜になってからも、走り続けることは許されている。しかし、夜道を走ることは、まず不可能であった。足を痛めたりしたら、元も子もなくなる。それに、山犬に襲われるという危険もあった。

無理をしないで、着実に走り続けることだった。一日目は江戸日本橋をあとにして、板橋、蕨、浦和、大宮、上尾、桶川、鴻巣、熊ヶ谷、深谷どまりの十八里と二十五丁を走ることになる。

二日目が本庄、新町、倉ヶ野、高崎、板鼻、安中、松井田、坂本、軽井沢までである。そして最終三日目に沓掛、追分、小田井、岩村田、塩名田、八幡、芦田、長久保、和田、下の諏訪、塩尻と二十里を一気に飛ばすことになる。

いま頃は、上州の高崎あたりを走っているのに違いない。佐渡屋と丸屋は、塩尻で、一、二を争う金持ちである。そのせいか、事あるごとに張り合って、意地と面目にかけて双方とも譲ろうとしない。

佐渡屋も丸屋も当主が同じ五十歳、女房も揃って四十歳、子どもの数が男三人に女二人と変わらない。それに娘がともに、評判の器量よしと来ている。何もかも、張り合うようにできているのだった。

塩尻の妙蓮寺という古い寺に、由緒ある韋駄天が祀られている。護法神、伽藍守護神として、韋駄天は寺に祀られているのだった。この妙蓮寺の本堂を、修復しようということになった。

佐渡屋清兵衛と丸屋友右衛門はともに檀家総代として、修復の費用をすべて寄進することになった。その相談の席上、佐渡屋清兵衛が妙なことを思いついたのである。

「この度の修復を祝って、一つ韋駄天走りをやらせてみましょうかな」

佐渡屋清兵衛は、嬉しそうにニヤッと笑った。

「韋駄天走りですか」

たちまち、丸屋友右衛門が乗り出して来た。

「韋駄天さまに因(ちな)んで、足の早い者を走らせるのでございますよ」

「ほう」

「評判を耳にされておいでかもしれませんが、わたくしどものところに才市という足の早い奉公人がおりましてな。塩尻から江戸まで、三日で走り抜くことができるくらいに、足が達者なのでございますよ」

「では、きっとわたくしどもにいる定六という奉公人と、同じようなものなのでございましょう」

「定六さん……？」

「はい。この定六というのは一日に三十里を走るのは苦もないことだと、自慢している男でございましてな」

「それは、面白い。一つ、才市と競い合ってみるというのは、いかがでございます」

「駆け比べですか」

「はい」

「結構でございますな」

「趣向を凝らして江戸の日本橋からこの塩尻まで、どちらが早く帰りつくかを、競い合うというのはいかがでございましょう」

「それはまた、楽しい催しものとなりましょう」

「江戸の日本橋に、泉州屋さんというお大名お出入りの酒問屋がございます。その泉州屋の御神酒を竹筒に詰めて、塩尻へ持ち帰る。早く帰りついた者のほうの御神酒を、韋駄天さまにお供えするというのは、どんなものでしょうな」

「それはまた、結構な思いつきでございます」

「しかし、それだけのことでは、何とももののたりません。何しろ丸屋さんもわたくしどもも、意地と面目がかかっていることでございますから、やはり負けたほうはそれなりの償いをすることに致しましょう」

「いかなる償いにも応じますから、何なりとお望み下さい」

「では、こう致しましょうか。わたくしどもの才市が勝った場合には、うえの娘をもらって頂きます」

「それで、うちの定六が勝った場合は、どうなるのでございます」

「下の娘を、もらって頂きます」

「よろしゅうございます。それで、手を打ちましょう」

言い出したら引き下がれない二人だけに、こうした話を強引に決めてしまったのである。

佐渡屋清兵衛の二人の娘は、うえがお律、下がお久という。お律は二十七で、出戻りであった。気が強くてわがままで、男を食い殺すといったタイプである。嫁入りして三年後に、さっさと実家へ帰って来てしまった娘だった。

佐渡屋としては、とんだ厄介者であった。佐渡屋の才市が勝ったときには、そのお律を丸屋の長男の平吉の嫁にしてくれというわけである。平吉はまだ二十五で独身だし、若いのに立派な人物という評判の美男子なのである。

その平吉の嫁に、二つ年上で出戻りのお律を迎える。お律は男を不幸にするというし、丸屋を潰しかねない女だった。勝負に敗れたとはいえ、丸屋友右衛門には大きな負担になる。

だが、そうと承知で丸屋友右衛門は、そうした条件をのんだのである。

その代わり、丸屋の定六が勝てば、それ以上の苦境に佐渡屋清兵衛を追い込むことができるのであった。丸屋の定六が勝てば、次女のお久を平吉の嫁にくれるというのだ。

お久は十八で、塩尻小町と言われた美人である。あらゆる意味で、申し分のない娘だった。お久であれば、平吉の嫁として不足はない。

しかも、お久を平吉の嫁にもらえば、佐渡屋清兵衛の立場をなくすことができるのであった。佐渡屋がお出入りを許されている松本六万石の松平家の家中に、引田新之介（ひきたしんのすけ）という若い武士がいた。

引田新之介の父は広敷用人だから、上級藩士ということになる。当の引田新之介も、供頭（ともがしら）という御役についている。この引田新之介とお久は、年内に祝言（しゅうげん）を挙げることになっていたのだ。

豪商の娘であれば、武士の妻になることも珍しくはなかった。形式的なことにしても、しかるべき武士に仮親になってもらったり、武家の養女にしたりすれば問題はないのである。

だが、いまになってその婚約を、取り消すことは不可能であった。ましてや、お久をほかの家へ嫁にやるといったことが、通るはずはない。

武士の一家に大変な恥をかかしたことになるのだから、ただではすまされない。

それこそ一家心中でもしなければ、佐渡屋清兵衛としては申し訳が立たないのである。

定六が勝てば、佐渡屋清兵衛は絶体絶命だった。その点を考えればこそ、丸屋友右衛門は佐渡屋清兵衛の提案に応じたのであった。丸屋友右衛門は、胸のうちでニヤリとした。

しかし、いずれにしても、勝たなければならない。佐渡屋清兵衛は才市という奉公人に、死んでも負けてくれるなと命令した。丸屋友右衛門は定六という奉公人に、勝てば百両を贈ると約束した。

四月の末に、才市と定六は江戸へ旅立った。検分役として妙蓮寺の寺男と、塩尻の宿役人のひとりである年寄が同行した。『年寄』というのは、帳付、人足指（にんそくさし）、馬指、迎番といった宿役人を部下とする問屋の補佐役であった。

この検分役は、二人が江戸の日本橋をスタートするところを、確認するだけであった。あとは街道筋に、検分役などひとりもいない。早道や近道はないので、ただひたすら塩尻まで走り続けることになる。

噂が広まった。

これほど興味深い催しものは、ほかに例を見なかった。塩尻の住民だけではなく、街道筋はもちろんのこと、信州南部、美濃と甲州の一部まで評判は広まった。

二日前から、塩尻へ続々と人が集まって来た。塩尻の七十五軒の旅籠屋は、どこも大入り満員となった。商店はすべて品物がよく売れるし、妙蓮寺にも見物人が押しかける。塩尻の人々は、嬉しい悲鳴を上げっぱなしであった。

そして、昨日の明け六ツに、才市と定六は江戸日本橋をスタートしたはずである。今日は恐らく七ツ、午前四時に深谷を出発しているだろう。明日には才市か定六のどちらかが先に、塩尻の宿内に駆け込んでくる。

夜になっても、塩尻の宿内は賑やかであった。いつもの十倍も、大勢の人たちが宿内にいるのだった。物見遊山のつもりでいる連中は、どうしても酒を飲むことになる。

明日は勝負が決まるというので、誰もが興奮気味であった。佐渡屋と丸屋は、店先に篝火を並べて、紅白の幔幕を張り、関係者一同が顔を揃えて、通行人にも樽酒を振る舞っている。

宿場全体が、ドンチャン騒ぎをしているようなものだった。

ただ一軒だけ、例外があった。この一帯の貸元として知られる塩尻の孫太郎の住まいだけが、明かりも薄暗くしてひっそりと静まり返っているのである。

二

ひとりの旅の渡世人が、塩尻の孫太郎の住まいの前を通りかかった。

かなり痛んだ三度笠を、かぶっている。同じように汚れた手甲脚絆（てっこうきゃはん）に草鞋（わらじ）ばき、黒地に白い細縞（ほそじま）の道中合羽（どうちゅうがっぱ）を引き回していた。朱塗りの鞘（さや）を、鉄環（てつかん）と鉄鐺（こじり）で固めた長脇差を腰に落としている。

長身である。

二十七、八だろうか。月代（さかやき）が伸びている。日焼けがしみついたように色の浅黒い顔に、歯が白かった。

鋭角的に鼻が高くて、唇は薄めであった。面長（おもなが）で、顎（あご）がややしゃくれ気味である。どことなく暗いくせに、陽気な色男というべきだろう。

その渡世人は立ちどまって、目をキラッと光らせた。足音と人間の悲鳴を聞き、殺気を感じ取ったのである。渡世人は、『孫』の字を円で囲んだのが浮かび上がっている腰高油障子（こしだかあぶらしょうじ）をあけて、薄暗くしてある中をのぞき込んだ。

人影が三つほど、長脇差を手にして立っている。女ひとりに、男が二人だった。

男たちのほうが劣勢で、逃げ腰になって震えていた。すでに男の死骸が一つ、土間に転がっている。

女ひとりの殴り込み、ということになる。着物に帯は当たり前だが、男のように雪駄ばきで上がり込んでいる。髪はきちんと島田に結っていた。

粋な女なのだろうが、いまはそれどころではない。右の片肌をぬいで、雪のように白くて豊満な肩、腕、胸を人目に晒していた。凄艶である。しかも、右手に白刃を握っているのだった。

二十五、六のいい女であった。もちろん、堅気ではない。右の二の腕に一輪だけ、桜の花の彫物がある。女渡世人だとは、一目でわかる。

「どうしても、口を割らない気だね」

女が、長脇差を突き出した。

二人の男が、逆に突進した。女は一方の男の首筋に叩きつけた長脇差を、もうひとりの男の脇腹に突き刺した。刺されたほうの男は土間に転げ落ちて苦悶し、峰打ちを喰らった男は気絶して倒れた。

「なかなか、どうして……」

土間にいた旅の渡世人が、いきなり声をかけた。

「何をっ！」

跳び上がって、女が向き直った。

「だが、残念ながら背中の後ろに、油断がありやしたね」

そう言って、男はニヤリとした。

「やかましいやい！」

息を乱しながら、女が長脇差を振りかぶった。

「おっと姐さん、あっしのことをお忘れとは薄情じゃあござんせんか」

笑いを浮かべると、渡世人は右手をかざして打ち振った。カチカチと、音が鳴った。渡世人は右手首に、数珠を三重に巻きつけていたのである。

「お前は……」

女は数珠に目を凝らしながら、渡世人の笑っている顔を見守った。

「姐さんは、島田髪のお京さん……」

渡世人は、三度笠の前を持ち上げた。

「お前さんは野州河内郡乙井村の生まれで、姫四郎さんというお人でござんしたね」

島田髪のお京は、長脇差をその場に投げ出した。

「よく、思い出して下さいやした」

姫四郎は指で、鼻の先をこするようにした。

「何年ぶりですかねえ、姫四郎さんとは……」

「野州無宿の乙姫で、結構でござんすよ」

「二年も前のことだったか、確か武州は川越の賭場で一緒になりました」

「それだけじゃあねえでしょう」

「一年前に、上州下仁田の賭場でも一緒になって……」

「あのとき、おめえさんは腹が痛いと大騒ぎ、及ばずながらこのあっしが手当てを施しやしてねえ」

「そうでした」

照れ臭そうに、お京は目を伏せた。

「こいつが縁ってもんでしょうが、あっしは男には見せられねえおめえさんの身体のあちこちを、とっくりと拝ませてもらっているんでござんすよ」

姫四郎は、悪戯っぽく笑った。

「いやですよ、いまになってこんなところで……」

恥じらいながらお京は、慌てて右腕を袖に通した。

「ところで、おめえさんはあの時分から、惚れた男の行方を追っておいでのようでしたが、その後どうなっているんでござんすかい」

姫四郎が訊いた。

「それがねえ、もう諦めたも同じなんですよ」

お京の顔が一瞬にして、不幸な女を絵に描いたように暗くなった。

「行方が知れねえままなんでござんすね」

「行方は、知れたんです。十日ほど前にも、会いましたよ」

「それでいて、諦めなすったんですかい」

「六年ぶりに捜し当てたあの人は、素っ堅気になっちまっていたんです。いまさら、わたしみたいな女が近づいたりしたら、あの人に迷惑をかけるだけでござんすからねえ。相手が素っ堅気になったんじゃ、どうすることもできないでしょう」

「まあ、そういうことになりやす」

「命がけで惚れたあの人だろうと、六年がかりで見つけ出した相手だろうと、住む世間が違っちまっていたんじゃ、通用しませんからね」

「おかみさんも、もらったってことなんですかい」

「まだ、独り身ですよ。でも、もうすっかり堅気の暮らしに馴染んでいるし、二度とほかの水には染まりたくないって、あの人は言うんです。わたしのほうで、身を引くほかはないでしょ。その代わりわたしに百両やるからって、十日ばかり前に会ったとき、あの人は言うんですよ」

「百両とはまた、豪儀な話じゃあねえですかい」

「そんな手切金みたいなものは、いらないって言ったんですけどね」

「素っ堅気に百両とは、話が大きすぎやすぜ」

「乙姫さんは、韋駄天走りの噂を聞いちゃいませんか」

「聞いておりやすよ」

「丸屋の奉公人の定六は、勝負に勝ったら百両を大旦那からもらえることになっているんだそうですよ」

「するってえと……」

「わたしが命がけで惚れて、六年も捜し歩いていたって人は、この塩尻の丸屋の奉公人で定六ってんです。もう、むかしの六之助じゃない。わたしと一緒に彫った右腕の桜の花も、焼きゴテを押しつけて消しちまっているんですからね。明日には汗まみれになって、この塩尻に帰りつくことになっている馬鹿な男なんですよ」

「帰りつくことになっているとは、何やら気になる言い回しでござんすね」

「わたしはあの人が、無事に帰ってくると思っちゃあいないってことですよ」

「無事に帰っちゃあこねえって、どうしてわかるんですかい」

「あの人は若い時分から、足が達者なのを自慢にしていました。足が早いのも、嘘じゃない。でも、いまのあの人の年を、考えてみて下さいな。三十三なんですからね」

「無茶は、できやせんね」

「心の臓が、破れますよ。もし、心の臓がもったとしても……、あの人は、殺されちまう」

「誰に殺されるんで……？」

「十日ほど前に会ったとき、あの人はチラッとこう言ったんです。佐渡屋清兵衛は何かのときに役立たせようと、塩尻の孫太郎親分に祝儀をはずんで手懐けているってね。もし佐渡屋清兵衛が五十両、百両とまとまった礼金を出すようだったら、塩尻の孫太郎はその手足になるってことでしょうよ」

「定六ってお人は、そうと承知のうえで韋駄天走りを、引き受けたってことなんですかい」

「あの人は、死ぬ気なんです。命を捨てて、かかっています」

「誰のために……？」

「丸屋友右衛門のためにです」

「それだけの義理が、あるんでござんしょうかね」

「大旦那には、恩がある。行き倒れていた流れ者を引き取ってこの六年のあいだ、丸屋の奉公人として扱ってくれた。いまは大旦那と丸屋が、伸るか反るかの瀬戸際だ。ここで恩返しができないようなら、死んだほうがマシだろうって……。あの人はそのために、わたしにだって背を向けたのさ」

島田髪のお京が、自嘲的に笑った。だが、鼻を鳴らそうが口もとを緩めようが、お京は目でキラキラ光るものを隠しきれずにいた。

三

乙井の姫四郎と島田髪のお京は、塩尻の孫太郎の住まいを出た。さすがに、宿内を貫いている街道には、人影が少なくなっていた。姫四郎やお京のほうへ、目を向ける者もいなかった。

姫四郎は、街道を東へ向かった。お京が足を重そうに、引きずるようにして従ってくる。宿場の東のはずれに古戦場として知られているところがあり、その向こうに『いの字山』がある。

「おめえさんは、塩尻に残って明日のことを見極めてえんでござんしょう」

姫四郎は、土橋のうえで足をとめた。

「そうだねえ」

赤みがかった三日月を見上げて、寂しそうにお京は目を細めた。

陰暦の五月の初めで、気候の点ではいちばんいいときである。ナデシコやケシの花が咲き、やがて梅が実ろうとしている。早いところでは、田植えや麦刈りが始まる。ホタルを見かけることもあった。

「間もなく、梅雨だねえ」

お京が、しみじみとした口調で言った。お京は、江戸の生まれである。父親が人を殺し、母親が首をくったために、お京は江戸を捨てた。それから酌女、女郎の真似事、壺振り、女渡世人という転落のコースを歩んだらしい。

十九のときに、江戸無宿の六之助と知り合った。六之助は読み書きと、ソロバンができる。それで、野州鹿沼の時蔵という親分のところで働き、ひどく重宝がられていたのである。

　鹿沼の時蔵は貸元であると同時に、高額の金を動かしている金貸しでもあった。その時蔵の秘書役として、六之助はこのうえなく便利な男だったのだ。その時代にお京は六之助と知り合って、生涯にただひとりの男というほど、惚(ほ)れ込んだのであった。だが、二人の仲は、一年半と続かなかった。金の貸し借りが原因で争いとなり、六之助はその相手を斬って重傷を負わせたのである。六之助はその日のうちに、姿をくらました。二、三カ月すぎると、六之助の消息は完全に途絶えてしまった。その身を案じたお京もまた、鹿沼から姿を消した。六之助恋しさの一心であった。

　こうして、お京の六之助捜しは始められたのである。もはや執念であり、お京の生き甲斐だった。壺振りもやり、女渡世人として賭場に出入りもした。食べる手段として、身体も売った。

　東日本は、隈(くま)なく歩き回った。

　六年の歳月が流れた。

　そして四月の半ばにこの塩尻に来て、ついに六之助を見つけ出したのである。

「それで、あの人に言われて急に、塩尻の孫太郎のことが気になったんですよ」

お京は、姫四郎に背中を向けた。様子を探ってやろうと今夜、お京は塩尻の孫太郎の住まいを訪れた。孫太郎のところには、八、九人の身内がいると聞いていた。しかし、家の中は薄暗くしてあるし、人の気配が感じられなかった。

そのうちに若い者が三人ばかり、いきなり飛び出して来た。問答無用で、斬りつける。お京は若い者の長脇差を奪って、まずひとりを斬り伏せたのである。

家にいるのは三人だけ、それも役立たずの三下ばかりだった。そのうえ、お京を殺そうとした。何か知られることを、ひどく恐れている。どうやら秘密と企みの匂いがすると、お京は判断した。

「親分は、どうしたんだい！」

「ほかの連中は、どこへ消えちまったんだよ！」

「正直に言わないと、冥土へ行くことになるからね！」

お京は脅してみたが、三下たちは口を開かなかった。血相を変えて、震えているだけである。結果的には、あとの二人も斬ってしまった。これで証人もいなくなり、手がかりも失った。

「騒ぎ立てたところで、塩尻の人たちは耳を貸しちゃくれないだろうしね」

お京は、溜め息をついた。

孫太郎とその身内が見当たらないからと、大騒ぎするわけにはいかなかった。

そんなことは知るものかと、失笑を買うだけである。孫太郎たちがどこかへ出かけたことと、定六が殺されたこととは直接、結びつかないのであった。

考えてみれば、確かにおかしいのだ。明日の塩尻宿は、大変な混雑ぶりだろう。そうとわかっていて、前夜から土地の親分と身内がどこかへ出かけてしまうということは、まずあり得なかった。

宿場が混雑したりするときは土地の親分が一家の者を引き連れて、交通整理をしたり人波を誘導したりする。また酔っぱらいや乱暴者に目を光らせて、喧嘩の仲裁をすることもある。

それが親分とその一家が、土地の人々といい意味で接する唯一のチャンスなのだ。土地の人々に恩を売り、また人気を集めるために、親分はそうした機会を絶対に見逃がさなかった。

だから、孫太郎たちが見当たらないというのは、不思議なことなのである。何かあるらしい。悪い企みがあって、秘密の行動に移ったのではないかと、思いたくもなる。だが、そのようなことを塩尻の宿民に訴えてみても、誰が相手にしてくれるだろうか。

「あの人って、いま頃どこに……」

東の夜空を、お京は見やった。

定六は六年前、鹿沼から信州へ逃げたが、飲まず食わずの状態が続いて、ついに行き倒れとなったのだ。それが、塩尻の丸屋のすぐ近くだった。友右衛門の命令で、定六は丸屋の中へ運び込まれた。

流れ者、無宿人と一目でわかる定六だが、その過去を友右衛門は問わなかった。定六は下男として、丸屋で働くようになった。堅気になることを決意した定六は、陰日向なく働いた。

名前も、六之助から定六とした。お京とお揃いで右の二の腕に彫った桜の花一輪も、定六は焼きゴテで火傷にして消した。定六は過去に訣別して、完全に生まれ変わったのである。お京のことさえも、過去の女として定六は忘れたのだ。

一年後に読み書きソロバンが達者だということがあって、友右衛門は定六を下男から手代見習いとした。足が丈夫だというので、友右衛門は遠くまでの旅になる使いの役目を、よく定六に言い付けた。

定六はいま、六年間の恩を返そうとして、江戸から塩尻へ向かっている。明日は最後の十数里を、完走することになる。心の臓が破れることも、覚悟のうえであった。恩返しに定六は、命を賭けているのである。

「いずれにしても、あっしは行かせてもれえやすぜ」

姫四郎は、お京を振り返って言った。

「乙姫さんは、相変わらず夜旅なんですねえ」

お京は土橋のうえを、塩尻宿のほうへ歩いた。

「へい。生きて明日なき流れ旅、昼も夜も変わりはござんせん」

姫四郎は、ニッと笑った。

「今夜の野宿は……？」

土橋を渡りきったところで、お京は向き直った。

「塩尻峠の中腹ってことに、なりやしょうよ」

「じゃあ、いずれまた……」

「お京さん、死ぬも生きるも大して違わねえんでござんすよ」

「わかっていますよ」

「ずいぶんと、お達者で」

「お前さんこそ……」

お京が、手を振った。

「ごめんなすって……」

白い歯をのぞかせたとき、姫四郎はもう歩き出していた。足の運びが早くなると、もう姫四郎は振り向かなかった。街道が白い帯のようになって、どこまででも続いている。そこにある人影は、一つだけであった。

　道連れは、空の三日月のほかになかった。街道を除いて、地上は黒一色であった。山も森も、重なり合ったシルエットになっている。

『いの字山（じやま）』をすぎると、いの字ヶ原であった。それから先に、塩尻峠があるのだ。時刻は四ツ、午後十時に近い。いまで言う真夜中であり、無人の世界には明かり一つ見当たらない。

　姫四郎は歩きながら、生干しのイカを食べた。そろそろ、野宿の場所を捜さなければならない。そう思ったとき、赤いものが姫四郎の目に映じた。いの字ヶ原の北のはずれで、雑木林と畑が広がっているあたりだった。

　赤いものが、大きくなった。

　闇に映えるようにして、それは火柱になったようである。

「火……」

　小さくつぶやいて、姫四郎はそっちのほうへ足を運んだ。

　もう、巨大な炎になっていた。パチパチと音が聞こえて、火の粉が夜空に舞い上がった。闇を大きく炎が引き裂いて、立ちのぼる煙まで赤く染めていた。

火事である。

しかし、このあたりに、人が住む家はない。住む人を失った廃屋が、あるくらいだった。人が住んでいない古い家は燃えやすく、火の回りが早かった。百姓家ふうの一軒の家が、すでに火に包まれている。

ゴーッと、風が吹き抜けた。この火事に気づいた者が、果たしているだろうか。恐らく、いないだろう。こんな時間に起きていて、外を眺めている人間がいようはずはない。それに、いの字山と塩尻峠に遮られて、遠くからは見えないのである。いや、火事とはいうものの、人もいなければ、火の気もないのであった。自然発火ということも、あり得なかった。すると、付け火しかない。しかし、こうしたところに、何のために放火したのだろうか。

炎が躍っている。

火の粉が、舞っている。

夜空を、焦がしている。

風が鳴っている。

それらがすべて、泣き叫んでいる女の姿を、感じさせるようであった。

四

塩尻峠の中腹で野宿をした乙井の姫四郎は、明け六ツに旅人(たびにん)の姿が多くなった街道へ出た。

塩尻峠を越えると、下の諏訪である。ここで旅人たちは、北と南のどちらかの街道を選ぶことになる。北はそのまま中仙道、南へ行けば甲府への道であった。

姫四郎は、中仙道を東へ向かった。下の諏訪から五里半、約二十二キロ先の和田まで、宿場が一つもない。五里半も宿場と宿場が離れているところは、大きな街道だとほかに例を見ない。

それはつまり、山また山の一帯だということを意味している。中部信州の高原地帯を、越えるのである。一四〇〇メートルから二〇〇〇メートル以上の山岳が、南北に連なっている。

和田峠もそのうちの一つで、一五三一メートルの峠越えになるのだった。下の諏訪からすぐに、道は上りとなる。疾走を続けている才市や定六にとって、この和田峠が最後の難関となるはずだった。

三里も続く上りの道を歩いて、姫四郎は和田峠を越えた。そのあとは和田まで、二里半の下りであった。街道の両側に、草原が広がった。初夏の日射しを浴びて、草原で昼寝をしたらさぞ心地いいだろう。

そう思いついたとたんに、姫四郎はその気になった。姫四郎は草原へはいると、木の下に寝転がった。抱き寝の長脇差で、顔のうえに三度笠を置く。鳥の声も聞こえない静寂が、すぐ眠りに誘った。

夢の中で姫四郎は、才市や定六がもうそろそろ和田峠にさしかかる頃だと、考えていた。今日の暮れ六ツまでには、塩尻に到着することになっている。いま頃には和田峠を目ざさないと、間に合わないだろう。

姫四郎は、目を覚ました。

習慣的に、太陽を見上げていた。

太陽の位置を確認して、時刻を知るためであった。姫四郎のように旅馴れている者には、正確に見当をつけることができる。

八ツ半、午後三時——。

そう判断して、姫四郎は立ち上がった。長脇差を腰に押し込み、歩きながら三度笠の顎(あご)ヒモを結んだ。街道を下っていく旅人たちは、歩くのに必死になってい

る。何としてでも明るいうちに、和田につきたいからであった。道をのぼってい
く人影はひとつもなく、旅人の足は完全に途絶えている。
　いまから和田峠を越えるのでは、日暮れまでに下の諏訪につかないからである。
この山の中で夜を迎えてしまったら、もう動きがとれなかった。そうなることに
一般の旅人は、恐怖心さえ抱いているのだ。
　だが、ひとりだけ上りの道を、和田峠へ向かっている者がいた。しかし、その
男は走ってもいなければ、歩いてもいなかった。両手両膝を地面に置いて、這い
ずっているのである。
　恰好も、珍妙であった。半纏を着て、ヒモを締めているだけなのだ。下半身に
は、何もつけていない。六尺フンドシが、まる見えになっている。腰に新しい草
鞋を四、五足もぶら下げて、頭には鉢巻きをしていた。
　そうした男が地面を這いずっているのだから、普通なら人だかりがするところ
である。だが、いまは先を急いでいる下りの旅人たちがすれ違うだけなので、目
を見はったり振り返ったりはするが、足をとめる者はひとりもいなかった。
　街道へ出て、姫四郎はその男に近づいた。その身装りから察しても、韋駄天走
りの才市か定六に違いない。

いま頃になって、ようやく和田峠の東まで、たどりついたわけである。予定より、ずっと遅れている。これではとても、明るいうちに塩尻にはつかないことになる。

もっとも、這いずっていては、遅れるのが当然である。風のように走っている姿とは、あまりにも違いすぎる。男は三十すぎで、色が浅黒かった。その精悍そうな顔にも、疲労の色が見られた。

三十すぎとなると、才市ではなかった。

「塩尻は丸屋の定六さんでござんすかい」

姫四郎は、声をかけた。

男は驚いたように顔を上げたが、目は閉じたままであった。這いずっているのは、どうやら目が見えないためらしい。

「お前さまは、どなたさまでございます」

定六は、不安そうに訊いた。

「乙姫って旅の者でござんすが、おめえさんのことはお京さんから聞かされておりやすよ」

姫四郎は、ニヤリとした。

「お京から……？」

定六は、顔を伏せた。

「佐渡屋の才市さんってのは、もう和田峠を越えたんですかい」

「いいえ、まだのはずでございます。あとから、参りましょう」

「才市さんも、そんなに遅れていなさるんですかい」

「一日目と二日目の碓氷峠までは、抜いたり抜かれたりで何事もございませんでした。ところが碓氷峠をのぼりきったところで、才市さんが急に苦しみ出して、倒れてしまいました」

「苦しみ出して倒れた……」

「はい」

「そのあと、どうなったんですかい」

「存じません。足を競い合っているときですから、わたくしとしても立ちどまったり、才市さんを介抱したりというわけには参りません」

「なるほど」

「わたくしは沓掛まで走って、日が暮れましたので宿にはいりました。才市さんは恐らく沓掛の手前の軽井沢に、宿をとったことでございましょう」

「才市さんが倒れたところで、そのまま息を引き取ったってことは、考えられねえでしょうかね」

「もし、そうした大事となったとしたら、その日のうちに沓掛にも噂が伝わって来たはずでございます」

「それはそれとして、おめえさんのその目はどうなっているんでござんす」

「はい。実は、ひどく痛むので目をあけていられませんし、目をあけたところでよくは見えないのでございます」

「どうして、そうなっちまったんで……」

「子どもが悪戯（わるさ）をして投げたものが、目にぶつかったのでございます」

「いつのことなんでござんすかい」

「明け方ことでした」

定六は、情けなさそうに苦笑した。

定六は今日も七ツ、午前四時に沓掛の旅籠（はたご）を出た。今日が最後だという気持ちもあって、定六は初めから飛ばした。午前五時までに、追分、小田井と走り抜けた。

更に岩村田、塩名田と来て、明け方を迎えた。塩名田をすぎると、すぐに千曲（ちくま）川（がわ）に架かった橋がある。この橋の手前にさしかかったとき、いきなり何かが顔へ飛んで来た。

それを、よけることはできなかった。続けさまに二つの玉のようなものが、定六の目に命中した。それは固いものではなく、ぶつかって割れたようだった。グシャッという感じであった。

同時に、目の中に砂のようなものがはいった。痛みを感じたので、定六は千曲川の岸辺までおりて、川の水で両眼を洗った。そして、時間が惜しいので、すぐまた走り出したのである。

だが、八幡をすぎた頃から、目の痛みがひどくなった。望月（もちづき）についたときには、もう目をあけていられなかった。それでも何とか芦田までは走ったが、目をあけても霞（かすみ）がかかっているようでよく見えなかった。

芦田から長久保までは、笠取峠（かさどりとうげ）を越えることもあるし、定六は走るのをやめて歩いた。しかし、それも長久保までであって、すでに視力はゼロになっていたし、激痛のために薄目をあけることもできなくなっていた。

目が見えなければ、歩くことさえ不可能である。定六は四つん這いになると、街道の路面であることを確かめながら進んだ。定六はそのまま長久保から和田までの二里と、和田から先の一里十丁を、這いずって来たのであった。

「そういうわけでございまして、この先どうしたらよいものやらと、思案しながら這って参りました」

定六は、路上にすわり込んでいた。手も膝も、泥と血にまみれている。そして、まるで泣いているみたいに、涙を流しっぱなしであった。

「そうまでして一刻も早く、塩尻へ帰りつこうと努めなすった心掛けは、見上げたものでござんすがね。ですが、この世に無駄なことをするほど、無駄なことってえのはござんせんよ」

姫四郎の顔は、皮肉っぽく笑っていた。

「ではございますが、わたしくと致しましては、何としてでも旦那さまの恩に報いたいと……」

「そのためには、韋駄天走りの勝負に勝たなけりゃあならねえってんでござんしよう」

「はい」

「すると、おめえさんはまだ、勝負を諦めねえおつもりでござんすかい」

「はい」

「どうやって、和田峠を越えるんでござんしょう」

「このまま、這いずって参ります」

「手と膝の肉が、ちぎれようと構わねえってんですかい」

「はい」

「目が見えねえのに、夜の峠越えができやすかね」

「目が見えなければ、昼夜の別はございません」

「這っていたんじゃあ、塩尻につくのは明後日(あさって)になりやすよ。だったら、間違いなく才市さんに追い抜かれやす。どっちみち、おめえさんに勝ち目はござんせんね」

「そんな……」

「それに、そのおめえさんの目でござんすがね。そのままにしておいたら、失明することになりやすよ」

「まさか、砂が目にはいったくらいで、失明するはずはございません」

「どうして、砂だとわかるんですかね」

「子どもが投げたものとなれば、砂ぐらいしかございませんでしょう」

「おめえさんは子どもの仕業(しわざ)だと決めてかかっていなさるが、その子どもの姿をはっきりと見たんですかい」

「いいえ、あたりはまだ薄暗かったし、投げた者の姿は目にとまりませんでした」

「だったら、おめえさんを韋駄天走りに勝たせたくねえ者の仕業ってことも、考えられるじゃあござんせんか」

「えっ……！」

「ちょいと、見せてもれえやすよ」

姫四郎は、定六の前にしゃがみ込んだ。

川の水で洗ってしまったので、定六の顔には何も付着していなかった。だが、定六の髪の毛に、小さくて白いものが引っかかっていた。それに、振りかけたように散っている赤茶色の粉が、認められた。

「こいつは、目潰(めつぶ)しでござんすね」

姫四郎は指先で、白いものを摘まんだ。それは、タマゴの殻の小さな破片だった。

「目潰し……！」

定六は、愕然(がくぜん)となった。

五

鶏卵に、針で穴をあける。中身を残らず吸い出してしまうと、空洞になったタマゴの殻ができる。空洞が乾いてから、その中に粉にした鉄錆（てつさび）を注ぎ込む。これは、専門的な目潰しであった。

　捕物などにも、使われている。これを、目を狙って投げつける。ぶつかると瞬間的にタマゴの殻は砕け散り、中身の鉄錆の粉が目にはいる。鉄錆の粉に、松脂（まつやに）の粉やトウガラシをまぜることもある。

　目の痛みだけではなく、ものが見えなくなる。いずれにしても、目をあけていることができない。それに襲いかかって、斬ったり捕えたりする。そのままにしておくと、眼球に無数の傷ができて失明する。

　こうした目潰しが、子どもに作れるわけがない。大の男が計画的にやったことである。目潰しによって、定六を走れなくするのが目的であった。

　定六を殺したり、傷を負わせたりという荒っぽいことはできない。大事件になれば当然、佐渡屋清兵衛が疑われる。それで、目潰しという手段を用いたのだ。目潰しなら、子どもの仕業（しわざ）で片付けることもできる。現に当の定六も、子どものイタズラだと決め込んでいた。そうなれば災難ということになり、定六は不慮の事故により敗れたという結果に終わるだろう。

「これでもう、韋駄天走りを競い合うも何もあったもんじゃあねえと、おわかりでござんしょう」

　姫四郎は言った。

「はい」

　定六は、がっくりと肩を落とした。

「勝負を、諦めやすかい」

「諦めます」

「だったら、これからすぐに塩尻へ戻って、目の手当てをすることでござんすね」

「ですが、どうやって塩尻へ戻ったら、よいのでございましょう」

「あっしの背中を、貸しやしょう」

「初めて会ったお方に、そんな厚かましいことはお願いできません」

「気にしなさんな。こいつは、道楽でやることでござんすからね」

「道楽でございますか」

「さあ、乗っておくんなはい」

　姫四郎は、定六に背中を向けた。

「申し訳ございません」

　定六は、姫四郎の背中におぶさった。

姫四郎は、立ち上がった。定六は、決して小柄な男ではない。その定六を背負って歩くのに、姫四郎は息も乱さない。歩く速度も、上りの道だというのに、かなり早かった。

姫四郎は、来た道を引き返した。一里の坂道を一気にのぼりつめて和田峠を越えると、下の諏訪まで三里の下りになる。途中で日が暮れて、夜旅となった。だが、姫四郎の目は、夜旅に馴らされている。

下の諏訪についたのは五ツ半、午後九時であった。姫四郎は、表戸をおろそうとしている薬種問屋に立ち寄った。そこで姫四郎は、桑白皮（そうはくひ）、牡丹皮（ぼたんぴ）、それに角屑（つのくず）といった生薬を買い込んだ。

下の諏訪をあとにして、塩尻へと急ぐ。姫四郎も、さすがに疲れた。全身汗まみれだし、足の運びが重くなる。それでも姫四郎は休まなかった。塩尻峠を越える。下の諏訪から塩尻までの二里三十丁が、途方もなく長く感じられた。

いの字ヶ原を通ったとき、昨夜の廃屋の火事を思い出していた。火の気のないところから、出火するはずはない。また廃屋に、放火する者はいないだろう。いま考えても、不思議な火事であった。

「お京さんにはもう二度と、目を向けねえつもりなんですかい」

姫四郎は、背中の定六に話しかけた。

疲れと気の緩みから、定六は眠たくなっているようである。眠られたら、重くなる。だから、眠気を妨げるために、喋らなければならないのだ。

「はい。わたくしは、堅気でございますので……」

定六が答えた。

「おめえさんに言われたら、お京さんはその日のうちに足を洗って堅気になりやすぜ」

「さあ、どうでございましょう」

姫四郎は、ニッと笑った。

「おめえさんだって、いつまでも独り身でいるわけにはいかねえでしょう」

定六は、気のない言い方をした。

「そういうことにもなりましょうが、何分とも商家の奉公人でございます。旦那さまのほうから、そうしたお話が出るまでは、身を固めるといったことは申せません」

「丸屋に出入りする者の中に、気になる娘ぐれえいるはずでござんすがね」

「それは、いないと言えば嘘になりましょう。ではございますが、まとまったお金がない限り、嫁を迎えるといったことはとても望めません」

「お京さんとなら、苦もなく一緒になれるんじゃあござんせんかい」

「お前さまは確か、乙姫さんとおっしゃいましたね」

定六は、急に話題を変えた。

「へい」

姫四郎は、歯の白さをこぼしていた。どうやら定六は、お京とのことに触れられたくないらしいと、思ったからである。

「わたくしどもへ米を運んでくる渡世人くずれの人足から、乙姫さんという旅人さんの噂を聞かされたことがございます」

「そうですかい」

「右の手首に、数珠を巻いておいでございますか」

「へい」

「では、やっぱり噂に聞いた乙姫さんでございますね」

「世間はどうやら、そう言っているようで……」

「数珠を巻いた右手では、長脇差を抜いたことがない。右手では人を生かし、左手では人を殺すというふうに聞かされました」

「その右手でこれから、おめえさんの目の手当てをするってわけでござんすよ」

「人を生かすのも殺すのも、ただの道楽だというのは、本当なのでございますか」

「さっきもおめえさんを、道楽で塩尻まで運ぶんだと、言ったはずでござんすがね」

姫四郎は、クスッと笑った。

圧倒されたように、定六は黙り込んでいた。

塩尻についた。

時刻は九ツ半、午前一時になっていた。真夜中などというものではない。もう二時間もすれば、起きてカマドに火を入れる女たちが多くなる。塩尻宿は真っ暗で、明るいのは屋外の常夜燈(じょうやとう)だけであった。

どうやら佐渡屋と丸屋をはじめ宿場の住民たちも、韋駄天走りの競走の結果を見ようと塩尻宿に集まって来ている見物衆も、諦めて寝てしまったらしい。才市と定六の帰りは明日と、見込んでいるのだろう。

姫四郎は、丸屋へ向かった。丸屋ももちろん、表戸をおろして眠りの中にあった。その表戸を叩いて、丁稚(でっち)小僧を起こすのにかなり手間どった。だが、定六が戻って来たと知ったとたん丸屋は、まるで火事場のような大騒ぎになった。

家人も奉公人たちも、残らず起き出して来て、丸屋の中はたちまち明るくなった。定六が勝ったのだと大喜びをする者と、何か異変があって真夜中に帰りついたのに違いないと不安に思う者とが半々であった。

台所の奥の土間に囲まれた板敷きの広間に、三十数人からの連中が顔を揃えた。旅の渡世人に付き添われて、目もあけられずにいる定六を見れば、異変が起きたとはすぐにわかるはずである。

もう喜んでいる顔は、一つも見当たらなかった。

定六が佐渡屋清兵衛に、目潰しを喰らって走ることも歩くこともできなくなり、乙姫に助けられて何とか帰りついたという事情を報告した。目潰しによって走行を妨害されたと聞き、友右衛門は深刻な顔になって考え込んだ。

姫四郎はすぐに、定六の目の手当てに取りかかった。まず定六に、きれいな水で何度も目を洗わせた。水の中に入れた目を開閉するという洗い方で、それをかなり長いあいだ続けさせた。

そのあと姫四郎は、水銃を使って定六の目の中に水を注入した。これも、よく飽きずにと思われるほど、何度となく繰り返した。水銃とは、浣腸（かんちょうよう）用の器具である。姫四郎は調合した牡丹皮と桑白皮それに忍冬（にんどう）を、薬湯にして定六に飲ませた。

牡丹皮はボタンの根の皮で、血をきれいにするのに効果があり、消炎と鎮痛の作用をする。

桑白皮はクワの根の皮で、消炎剤として有効であった。

忍冬はスイカズラの茎と葉で、瘡毒や諸傷のための内服薬として効き目がある。

姫四郎は最後に、角屑を用いた。角屑というのは鹿のツノを粉末にしたもので、眼病の特効薬であった。

それで、治療は終わった。あとは冷やした布で、目を湿布するだけであった。

時刻はもう七ツ、午前四時をすぎていた。家人たちは奥へ引っ込んだが、奉公人となるといまからもうひと眠りというわけにはいかない。

男の奉公人たちは店の表戸をあけると、一日の仕事始めということになった。女の奉公人は食事の仕度と、ふき掃除に一斉に散ったようだった。姫四郎は若い下女をからかいながら、定六の目の湿布の交換を続けていた。

明け六ツになった。

宿場の住民や、このときを待って、旅籠屋に泊まっていた見物人たちが、続々と丸屋の前に集まって来た。丸屋の奉公人の口から、定六が帰って来たという情報が洩れて、あっという間に塩尻中に知れ渡ったのである。

「この度の韋駄天走りの競い合いには、どうも不吉なことばかりが付きまとっているようだ」

着換えをすませた丸屋友右衛門が姿を現わして、悲痛な面持ちで定六にそう言った。

「ほかにも何か、あったのでございますか」

目に湿布をしたままで、定六が訊いた。

「実は、一昨日の日暮れどきから、佐渡屋さんのお久さんが行方知れずになってな、未だに、見つからないということなのだ」

友右衛門は、不安そうな顔で言った。

佐渡屋のお久が行方不明になったのでは、韋駄天走りの勝敗はそもそも成り立たなくなってしまう。たとえ定六が完走して勝ったとしても、佐渡屋のお久を丸屋の平吉の嫁にするという約束は実現されないからである。

その娘のお久の行方不明に苦悩しているという佐渡屋清兵衛も、主だった家人や奉公人を引き連れて、やがて丸屋を訪れたのであった。

六

群集が、丸屋の前を埋めている。佐渡屋清兵衛たちも訪れて来たことだし、このまま知らん顔ではいられないだろう。定六が店の前まで出て、一言挨拶をすべきであった。定六は、恐る恐る湿布をはずしてみた。

目をあけた。真っ赤に充血しているが、もう痛みは感じなかった。視界の霞みは取れないにしろ、人の顔ぐらいは見定めることができる。丸屋友右衛門に付き添われて、定六は店の前まで出て行った。

「みなさま、お待たせしたり心配をおかけしたりで、まことに申し訳ございませんでした」

そのように挨拶をしたあと、定六は碓氷峠をのぼりつめたところで才市が倒れるのを見たこと、そして自分も目潰しによって歩行も困難になったこと、完走できなかったので勝負なしになったことなどを説明した。

目を真っ赤にした定六の説明なので、迫力も説得力もあった。群集はどよめき、疑惑と非難の目を佐渡屋清兵衛へ向けた。目潰しによって定六の走行を不能にさせたのは当然、佐渡屋清兵衛の差金だということになるからだった。

「どけどけ！」

「道をあけねえかい！」

「どきやがれ！」

男たちの怒声が聞こえて、東側の人垣がどっと崩れた。その割れ目から、道中仕度の渡世人の一行が姿を現わした。全部で、六人いる。先頭の四十男が、塩尻の孫太郎であった。あとの子分たちは、五人がかりで戸板を運んで来ていた。

「旦那、一昨日の夜に軽井沢を出立してから夜通しの道中で、やっといまつきやしたよ」

塩尻の孫太郎が、佐渡屋清兵衛にそう挨拶した。

「それで、才市はどうなりました」

清兵衛が訊いた。

その清兵衛の前に、子分たちが戸板を置いた。戸板のうえの人間には、ムシロがかぶせてあった。

「この通りで……」

孫太郎が、ムシロをはねのけた。

戸板のうえの若い男も、半纏に六尺フンドシという身装りだった。才市である。才市は泥にまみれていたし、あちこちに傷を作っている。もちろん、生きている人間の肌の色ではなかった。

「才市、お前は……！」

清兵衛は、そう叫んで絶句した。

「一昨日の日暮れ前に、碓氷峠をのぼりつめたあたりの谷底へ落ち込んでいるのを見つけやしてね」

孫太郎が言った。

「定六さんの足を目潰しでとめておいて、くたびれた才市さんに手を貸すってのが、佐渡屋さんに頼まれた御一党さんのお役目でござんすかい」

と、いきなり声が飛んだ。その声を聞いて、騒然となっていた群集が急に鳴りをひそめた。六人の渡世人の目が、一斉に声の主へ向けられた。

「何でえ！　おめえは……」

孫太郎は狼狽したせいか、早くも長脇差の柄に手をかけていた。そうなると子分たちも、それに倣わずにはいられなかった。三人ばかりが、慌てて長脇差を引っこ抜いた。

「五人は才市さんの姿を求めて軽井沢へ、あとのひとりは塩名田で定六さんを待ち受けていて、目潰しを喰らわせたんでござんしょう」

姫四郎は、ニヤリとした。

「野郎！」

「黙らねえかい！」

焦った若い三人が、長脇差を振り回して姫四郎に迫った。群集の三分の二が、悲鳴を上げて逃げ散った。

姫四郎の身体が、宙に浮いたように見えた。伸び上がるようにして腰をひねり、姫四郎は左手で長脇差を抜いたのである。もちろん、逆手であった。鞘走った長脇差は、一瞬のうちに若い者のひとりの喉を切り裂いていた。

次の瞬間、半身になった姫四郎の左腕が繰り出された。逆手に握られている長脇差は、もうひとりの若い者の腹を貫いていた。姫四郎は頭上で、長脇差を三回ほど水平に回転させた。

その間に姫四郎は逆手から正常へと、長脇差の握り方を変えていたのである。

姫四郎は頭上から、長脇差を振りおろした。正面にいた若い者が、三度笠と顔面を断ち割られて転倒した。

逆上した子分のひとりが、喚声(かんせい)を上げて突っ込んで来た。だが、その男の長脇差は、はじき飛ばされて宙に舞っていた。男は腰を抜かしたように倒れて、地上に仰向(あおむ)けになった。宙に舞った長脇差が垂直に落下して、その男の首を地面に縫いつけた。

ひとりだけ残って孫太郎の横にいた男が、姫四郎を目がけて白いものを投げつけた。二つのタマゴが、弾丸のように飛んだ。例の目潰しである。姫四郎は身を沈めて、二つのタマゴをよけた。

「ぎゃっ！」

姫四郎の背後にいた定六が、悲鳴を上げた。二つのタマゴがまたしても、定六の顔に命中し炸裂(さくれつ)したのだった。

「わざわざ、目潰しを作ったって証拠を見せてくれたんですかい」

姫四郎の表情が引き締まり、その左手から長脇差が投げ槍(やり)のように飛んだ。白い光となって突っ走った長脇差は、目潰しを投げた男の胸に吸い込まれるように突き刺さった。深々と埋まった長脇差は、男の背中へ突き抜けていた。

男は血を噴き上げながら横転した。それにゆっくりと近づいて、姫四郎は荒々しく長脇差を抜き取った。孫太郎は蒼白(そうはく)になって、天水桶(てんすいおけ)の脇へ逃げた。孫太郎は、茫然（ぼうぜん）となっていた。

当然である。ほんの三十秒もたたないうちに、五人の子分が片付けられてしまったのだ。即死三名、重傷二名であった。白く乾いた路上が飛散した鮮血で、水を撒（ま）いたように濡れている。

塩尻の孫太郎としては、こんなに腕っぷしの強い渡世人に接したのは生まれて初めてだと、言いたいところなのだろう。だが、孫太郎も、鼻っぱしだけは強かった。シッポを巻いて、逃げたわけではなかったのである。

「やい、この野郎！　目潰しを使ったこっちばかりが悪いんだとは、言わせねえぞ！」

孫太郎が、大声を張り上げた。

「それはまた、どういうことなんでございますか。親分さん……」

心外だというように、丸屋友右衛門が前へ出て来た。

「何も丸屋の旦那が、細工をしたとは申し上げやせんがね。あっしたちが碓氷の谷底で才市を見つけたとき、才市にはまだ息があったんですよ」

「それで……」

「才市は息を引き取る前に、こう言い残したんでさあ。碓氷峠をのぼりつめたとき、後ろから来た定六にいきなり、谷底へ突き落とされたんだってね」

「何ですって……！」

「定六は佐渡屋のお律さんと深い仲になっていて、駆け落ちの話までまとまっていたんだそうですよ。出戻りだろうとお律さんは佐渡屋の娘、定六みてえな野郎と一緒になれるはずがねえと、駆け落ちの覚悟をしたんでしょうよ。そのお律さんを丸屋の嫁にしねえためにも、また駆け落ちの費用になる百両を手に入れるためにも、定六は才市を殺してまで韋駄天走りに勝たなけりゃあならなかったんだと、そう言って才市は息を引き取りやしたよ」

「何ということを……」

「こいつは、どっちもどっちってことになりやすぜ」

不貞腐（ふてくさ）れたような顔で、孫太郎は言った。

「定六！　黙っているところをみると、いまの話の通りなんだね！」

血相を変えて、友右衛門が定六に詰め寄った。定六は地面にすわり込んで、タマゴの殻の破片と鉄錆だらけの顔を動かそうともしなかった。もう目もあけていられないし、痛みに苦しめられているのだった。

その定六をじっと見守っている女の姿に、姫四郎は気がついていた。島田髪のお京であった。顔色を失っているが、別に悲しそうではなかった。お京の目つきには、空しさと寂しさだけが感じられた。

「乙姫さん！　この目の手当てを、もう一度お願いしますよ！」

定六が叫んだ。

「折角ですが、あっしは同じ道楽を二度とは繰り返さねえことにしておりやす」

そう答えて、姫四郎はニヤリとした。

姫四郎は、東へ向かって歩き出した。だが、姫四郎はふと立ちどまって、佐渡屋清兵衛と丸屋友右衛門を振り返った。

「一昨日の夜、いの字ヶ原のあばら家から火の手が上がり、まる焼けになるのを見たんでござんすがね。その焼け跡から、行方知れずになっているお久さんの死骸が、見つかるかもしれやせんよ」

姫四郎は言った。

「それは、本当でございますか」

佐渡屋清兵衛が、ガタガタと震え出した。

「やれ松本の御城下の武家のところへ嫁にやる、やれ丸屋の嫁にすると道具みてえに扱われて、娘心には耐えきれなくなったんでござんしょうよ」

「お久が燃えちまったなんて、そんな……」

「同じ道楽でも旦那方の道楽には、罪作りが多くていけやせんねえ」

再び歩き出した姫四郎は、もう二度と振り返らずに塩尻宿の東へ消えた。

下の諏訪についたとき、ずっとついて来ていた島田髪のお京に、姫四郎は初めて声をかけた。

「どの街道を行こうと、行きつくところが冥土だってことに、変わりはねえんですぜ」

姫四郎は、背中で言った。

「乙姫さんは、どこへ行きなさるんです」

甲州街道を行く体勢で、お京が訊いた。

「生きて明日なき流れ旅でござんすよ」

中仙道へはいりながら、乙井の姫四郎はお京にニッと笑いかけた。遠ざかる姫四郎の後ろ姿に、おそ咲きの藤の花が散った。

因に、西洋流の眼科を確立させた医師は、眼科新書の著者杉田立卿（玄白の嗣子）である。

炎が仇の松井田宿

一

中仙道の本庄から、上州の藤岡、吉井、富岡、下仁田、本宿、初鳥谷を経て信州にはいり、再び中仙道の追分に出る街道がある。これを下仁田越え、あるいは下仁田街道という。

この街道の中心地、下仁田には南蛇井の文治という貸元がいる。下仁田周辺の山林なども持っている大地主であり、半ば堅気のお旦那博奕打ちであった。温厚な人柄で、おっとりしていて世話好きである。

地元での評判もよく南蛇井の旦那さま、なんじゃいの親分さんと親しまれていた。南蛇井の文治は五十歳、もちろん妻子もいて、身内とも客人ともつかない連中が常に二十人はごろごろしていた。

世話好きで、旅人を大事にする。口うるさいことは言わないし、飯だ酒だと待遇もいい。何しろ、おっとりしている親分さんだというので、草鞋をぬいだまま幾日も滞在を延ばしたり、居候を決め込んだりの連中が多かったのである。

初冬の風が冷たくて、空もどんよりと曇っているその日——。

旅の渡世人が、南蛇井の文治の住まいを、今日もまた当然という顔で訪れる。迎えるほうも珍しいことではないので、軽い気持ちで応対に出る。下仁田を回り道して、文治の住まいに立ち寄るのは三流どころの渡世人と決まっていたので、そうそう四角張ることはなかったのだ。だが、若い者が応対に出てみて、驚いたのである。訪れたのがこれまでに見たこともないような、大した貫禄の渡世人だったからであった。一目で、食いっぱぐれの三下とはわけが違うと、わかるのだった。

年はまだ若くて、二十七、八というところだろう。しかし、破れ目が生じた三度笠、薄汚れた道中合羽や手甲脚絆が、かなりの長旅を物語っている。それに鉄環と鉄鐺で固めた朱鞘の長脇差にしても、なかなかの代物であった。

背の高い渡世人で、のびた月代の下に日焼けがしみついた色の浅黒い顔があった。なかなかの色男だが、雰囲気に油断というものがなかった。

甘くて、冷ややかで、陽気のようでどことなく暗くて、気品があるくせに崩れた感じでと正反対の印象を併わせ持っている。それがその渡世人の一種異様な凄みと、貫禄になっているのである。

生まれは野州河内郡乙井村。

いまは、野州無宿の乙井の姫四郎。人呼んで乙姫……。

渡世人は、そのように挨拶した。礼儀作法も恐ろしいほどよく決まっているし、仁義を切ってもそれは見事なものだった。

若い者は奥へ引っ込むと、南蛇井の文治にそのことを報告した。ただ貫禄十分の渡世人が訪れたからと、若い者が慌てたわけではなかった。乙井の姫四郎、人呼んで乙姫と聞かされて、若い者はびっくりしたのである。

「乙井の姫四郎……！」

南蛇井の文治も、驚きの目を見はった。

それもそのはずで、三日前から文治のところに客人として身を寄せている男女六人の中に、乙井の姫四郎という旅人がいたのである。ただし、その男は渡世人ではなくて、医者ということだった。

それにしても、乙井の姫四郎という男が二人も出現したとあっては、笑ってすませるわけにはいかなかった。同名異人でないことは、確かであった。三日前から滞在している客人も、野州河内郡乙井村の生まれで姫四郎と名乗ったのである。

生まれも名前も、まったく同じということになる。同一人物が二人いるはずはないから、どちらかが名を騙っているニセモノと見なければならなかった。一方がニセモノとわかっていて、同じ屋根の下に泊めることはできない。

「その旅人に、おれが会ってみよう」

南蛇井の文治は、奥から表に面している板の間へと足を運んだ。そのあと三人ほどの子分が従っていた。

なるほど大した貫禄の渡世人が、土間にしゃがみ込んでいる。三度笠と長脇差を、背後に置いていた。文治が仁王立ちになって、渡世人を見おろした。渡世人はもの怖じしない目で、文治を見上げた。

「挨拶は、聞いたぜ。おれが、南蛇井の文治だ」

文治が、口もとに笑いを浮かべて言った。

「お初にお目にかかりやす」

姫四郎は、頭を低くした。

「おめえさん、生まれは野州河内郡乙井村で、姫四郎と名乗りなすったそうじゃあねえかい」

「へい」

「人呼んで、乙姫……」

「さようでござんす」

「実はな、三日前から客人としてここに草鞋をぬいでいなさる六人連れの中にも、野州河内郡乙井村の姫四郎さんって医者の先生がおいでなんだ」

「医者の先生……」

「もう何年も前のことになるが、おれの妹が労咳(ろうがい)にかかってな。不治の病(やまい)だとどの医者にも見放されて、もう助からねえと当人も諦(あきら)めたとき、野州河内郡乙井村に内藤了甫(りょうほ)先生という関八州随一の名医がいると、人から教えられたのよ」

「へい」

「それで妹のことを、その内藤了甫先生にお願いしたところ、二年にわたる養生の甲斐あって、労咳がすっかり治っちまったんだ。おれにとっちゃあ以来、内藤了甫先生は恩人ってことになっている」

「へい」

「ところが三日前になって、男が五人に女がひとりって旅の者が、ここへ立ち寄ってな。男五人のうち四人は渡世人だが、残るひとりが医者の先生ってことだ。その医者の先生ってのが、何と内藤了甫先生の三男坊で姫四郎さんってわけなのよ」

「ほう……」

「内藤了甫先生をはじめ親兄弟、家人一同が押し入った賊の手にかかってみな殺しという災難に遭い、姫四郎さんただひとりが生き残ったそうで、その話を聞かされたときにはおれも涙を流して恩人の死に手を合わさずにはいられなかった」

「なるほど……」

「つまり、野州河内郡乙井村の姫四郎さんが、三日前からここにいなさるってことになるんだな」

「そのようでござんすね」

「そうだってのに、おめえさんも同じ野州河内郡乙井村の産で、姫四郎だってのはいってえどういうわけなんだい」

厳しい顔つきになって、南蛇井の文治は言った。

「どういうわけも何も、あったもんじゃあござんせんよ」

姫四郎は、ニヤリとした。

三日前からここにいる内藤了甫の三男、姫四郎というのはもちろんニセモノである。内藤了甫は名高い名医だったし、一家みな殺しという惨劇も野州では大評判になった事件であった。

その辺の事情を少しでも知っている者であれば、もっともらしい作り話もできるし、内藤了甫の三男姫四郎になりすますのは簡単だった。同時に化けの皮をはがそうと思えば、それもまた容易である。

そのニセモノは、医者だという。おそらく多少の医術の心得のある流れ者が、内藤了甫の息子の姫四郎と称して、医者に化けているのだろう。本街道の大きな宿場で一家を構えている親分衆には、人呼んで乙姫という渡世人の存在も知れているだろう。

しかし、脇街道へはいったり、本街道も小さな宿場だったりすると、姫四郎の名前も顔もそうそう売れてはいない。話の筋道さえ、通っていれば、簡単に信じてもらえるし、ニセモノが本物で通用する。

そのニセモノがどのような人物か、姫四郎には興味があった。退屈のムシが、姫四郎の胸のうちで動き始めたのである。それに、ニセモノの化けの皮をはぐのも、大人気(おとなげ)ないような気がした。

「おめえさんは、どういうことだと言いてえんだい」

文治は、姫四郎をにらみつけた。

「ご当家においでのお人も姫四郎ならこのあっしも姫四郎、生国(しょうごく)も同様に野州河内郡乙井村ってことなんでござんすよ」

姫四郎は、動じない顔で言った。

「生国も名も同じ者が、二人いるってことなのかい」

「へい。何も野州河内郡乙井村の生まれの姫四郎ってのが、この世にひとりしかいねえとは限らねえでござんしょう」

「そりゃあまあ、そうだが……」

「それに、あっしの親は医者の先生なんかじゃあござんせん。あっしは、乙井村の水呑み百姓の小せがれでござんす」

「なるほどな。だが、そうなると二人の姫四郎は、同じ乙井村で幼な馴染みだったはずだ。互いに、顔見知りってことになるんじゃあねえのかい」

「そいつが、そういうことにはならねえんでござんすよ」

「どうしてだ」

「あっしは三つのときに、隣村に住んでいた遠い親戚のところへ、もらわれていきやしてね」

「すると、内藤了甫先生のせがれさんとは、一面識もねえってことになるな」

「へい。双方とも、初めて顔を合わせるってことになりやしょう」

「そうかい、それで話はわかった」

文治は納得した。どちらかがニセモノというのではなく、たまたま生国と名前の一致する男が二人いたのだと、文治は判断したのである。姫四郎の嘘を、そっくり信じたのであった。

一宿一飯（いっしゅくいっぱん）ということで、姫四郎は文治のところに草鞋をぬいだ。案内されたのは、十畳の客人用の部屋である。そこには五人の男と、女がひとりいた。ニセモノの姫四郎の一行であった。

五人の男のうち、四人までが一目でそうとわかる渡世人だった。どいつもこいつも人相が悪いし、目つきが陰険で凶暴な感じである。何かを企（たくら）んでいそうで、油断のならない連中だった。

ひとりだけ、髪を茶筅総髪（ちゃせんそうはつ）にした男がいた。武士の髪型だが、医者にも見えなくはない。三十をすぎて間もない年配だが、色が白くて眉目秀麗（びもくしゅうれい）の美少年を思わせるようないい男だった。

女っぽい色男のタイプである。この時代には、女心を蕩（とろ）けさせるような二枚目ということで、典型的な美男であった。医者よりも、役者になりすましたほうがいいだろう。その色男が、ニセモノの姫四郎に違いない。

あとひとりの女は、十八、九の町娘であった。この娘もまた、人目を引くに十分な器量よしだった。色が雪のように白く、目もとが涼しげであり、花のツボミにも似た可憐な唇であった。

「乙姫と申しやす。よろしく、お願い致しやす」

姫四郎は、六人の男女に頭を下げた。

「佐吉と申しやす」

「久五郎にござんす」

「新助で……」

「虎八と申しやす」

四人の渡世人が、挨拶を返した。

「姫四郎という者です」

茶筅総髪の男が言った。

「初と申します」

最後に、娘が淑やかに一礼した。

何とも、奇妙な取り合わせである。医者を自称する男と町娘、それに悪党面をした渡世人四人が行動をともにしていて、貸元のところに草鞋をぬいでいるのだ。この六人はいったい、どのような関係にあるのだろうか。

「乙姫どのと、申されるか」

ニセモノの姫四郎が、怪(あや)しむような目つきで姫四郎を見やった。

そのニセモノの姫四郎の横顔を、お初という娘がうっとりとした目で見上げている。男に思いを寄せる娘の顔であり、そこにはもうすっかり夢中ですと書いてある。お初という娘は、ニセモノの姫四郎に心を奪われていると、姫四郎にもすぐにわかった。

「変わったものを、巻いておられるようだな」

医者になりきっているのか、ニセモノの姫四郎はいかにもそれらしい口のきき方をした。

「へい」

姫四郎は、右の手首に二重に巻きつけている数珠(じゅず)に、目を落とした。

ニセモノの姫四郎は妙な渡世人だと警戒しただけで、姫四郎の正体を見抜いたわけではなかった。ほかの連中も、同じである。

この六人の男女は何を企んでいるのかと、姫四郎は楽しみでも見つけたように、胸のうちで笑っていた。

二

この日のうちに、六人の男女の関係がわかった。南蛇井の文治とその子分の口から、訊き出したのである。

それによると、お初というのは中仙道の松井田宿に広大な屋敷を構えている『吉富』の三代目の娘だそうだった。『吉富』といえば有名なお大尽で、姫四郎でさえその名を知っていた。

吉野屋富右衛門というのが正しい名前で、代々の当主はみなそう名乗ることになっている。上州で五本の指のうちにはいるとされている大金持ちで、『吉富』の本家は長者屋敷と呼ばれていた。

大地主でもあり材木商として知られ、ほかに生糸、太物を扱い、造り酒屋でもあるという多角経営で、大身代を築き上げた。現在の富右衛門は更に商売上手だが、大商人らしい風格も具えて、その人徳と人望は大したものだという。

息子が二人に娘が三人いて、お初は末娘だということだった。『吉富』の末娘となると大変なお嬢さま、箱入娘であった。何しろ大名が一目も二目も置くという長者さまで、使っている奉公人の数は二百人、本家の下男下女だけでも二十人はいるという『吉富』の娘なのである。三カ月ほど前、甲州は鰍沢（かじかざわ）にいる商人の家で婚礼があった。その商人も鰍沢では知られた豪商であり、富右衛門の妻とは遠縁ながら縁続きだった。『吉富』との付き合いも古く、婚礼の席に顔を出すだけの義理もある。

ところが、富右衛門夫婦は秋口の風邪をこじらせて床についていたし、息子二人は商用の都合で旅に出なければならなかった。三人の娘のうち姉二人は、すでに嫁いでいて子持ちになっている。

やむなく末娘のお初を、富右衛門の名代（みょうだい）として鰍沢へ行かせることになった。男三人、女ひとりの奉公人をお供に、お初は鰍沢へ向かった。婚礼には列席して名代の役目を果たし、やがてお初の一行は帰途についた。

だが、一行は甲府の南で、野盗まがいの食いつめ浪人三人に襲われたのである。奉公人のひとりが斬り殺され、あとの者は逃げてしまった。お初は土手のうえから転落して、左足を痛め、動けなくなった。

まさに、危機一髪――。

そこへ飛び込んで来たのが佐吉、久五郎、新助、虎八の四人の渡世人で、三十分に及ぶ大立ち回りの末に三人の浪人を斬って捨てたのである。渡世人のほうも、四人がそれぞれ手傷を負っていた。

そうしているところに、新たに出現したのが姫四郎という若い医師であった。姫四郎はかつて関八州随一の名医といわれた内藤了甫の三男で、医術の修行のために旅をして回っているという。

姫四郎は四人の渡世人とお初を、ほど近い下部(しもべ)の湯治場(とうじば)へ連れていった。武田信玄の隠し湯だった下部の冷泉は、外傷や骨折などによく効く。その下部で湯治を続けながら、姫四郎の熱心な治療を受けた。

お初はまとまった金を持っていたし、命の恩人の面倒を見るのは当たり前と、費用を負担した。それで全員が心おきなく、湯治に専念できたのである。半月後には佐吉と久五郎が全快した。

一カ月たって、新助の傷が全治した。十日遅れて重傷を負った虎八が、すっかり元気になった。結局、お初の右足の骨折がいちばん長引いて、全治するまでに二カ月を要したのだった。

その間にお初は、上州松井田の『吉富』へ異変を知らせた。先に逃げ帰った奉公人たちから報告を受けて、心配していた『吉富』の家人たちはホッとした。すぐ下部の湯治場へ人をやろうということになったが、そうはしないでくれとお初の手紙にある。

五人の命の恩人を松井田へ連れて帰るから、両親に礼をのべてもらいたいし、歓待することによって恩返しもして欲しいと、お初は手紙の中で言っているのだ。お初だけを迎えに下部へ来たりしたら、五人の恩人たちに対して失礼になるというのである。

『吉富』では、そのお初の注文に従った。

お初が歩けるようになるのを待って、一行六人は下部から上州松井田へ向かった。甲府の西で甲州街道から佐久街道へはいり、佐久で東に転ずると余地峠を越えて、砥沢、下仁田と来たのである。

もう松井田は、目と鼻の先であった。下仁田から西へ一里で中小坂、そして北へ向かって妙義山の山麓を抜け三里、十二キロで中仙道の松井田宿である。だが、一行は下仁田に二日前についたのに、未だに文治のところに滞在を続けているのだった。

夜になって姫四郎は、中庭でひとり月光を浴びているお初の姿を見かけた。姫四郎も中庭へ出て、そっとお初のそばに近づいた。初冬の月を仰いでいるお初の青白い顔が、絵に描いたように美しかった。

「お嬢さん……」

石燈籠に手をかけて、姫四郎は小さな声で言った。

「え……?」

驚いたように振り返ったお初が、恥じらって目を伏せた。もの思いに沈んでいるときに声をかけられて、羞恥の風情を示すのは恋をしている乙女の特徴である。

お初の胸のうちは、男を思うことでいっぱいなのだ。

男とはもちろん、ニセモノの姫四郎であった。

「お嬢さんのことは、いろいろと承りやしたよ」

姫四郎は、ニッと笑った。

「そうですか」

お初も、白い歯をのぞかせた。

「松井田へ、帰るんでござんしょう」

「はい」

「松井田ならもう目と鼻の先、どうして帰りを延ばしていなさるんで……」

「それは……」

「三日も前から、ここにいなさるそうでござんすね」

「もう松井田には、ここにいるってことを知らせてあります」

「だったらなおさら、早く帰らなくっちゃあなりやせんね。お嬢さんみてえな堅気の娘さんが、こんなところに何日もいるもんじゃござんせん」

「一つにはここの文治親分が、姫四郎さんを引きとめていなさるんです。親分さんの妹さんの借りを、少しでも返したいからということで……」

「それならそれで、お嬢さんひとりだけでも先に、松井田に帰ったらいいんじゃあねえんですかい」

「そうは、いきません。命の恩人にここまで送って頂きながら、松井田へ先に行ってしまうなんて失礼です」

「一刻も早く元気な顔を見せるってのが、親孝行ってもんでござんしょう」

「松井田ではいま、大切なお客さまを迎える仕度で、ごった返しているようです。明日にはここを出立して、松井田へ向かうことになります」

「そうですかい」

「もう一つ、虎八さんが熱を出したということもありました」

「熱をねえ」

「旅の疲れで身体が弱っているところに風邪を引いたんだろうと、姫四郎さんが言っていました」

「それで、虎八さんの熱は、引いたんでござんすかい」

「いいえ、熱はひどくなる一方だそうです。でも、これ以上は松井田へ帰るのを、引き延ばすわけにはいかないというので、明日には出立することにしたのです」

「いずれにしろ、そいつは結構なことでござんす」

「でも……」

お初は寂しそうな顔になって、雲間の月を見上げた。悲しげな目つきだった。

「でも、松井田についてしまえば、それだけ姫四郎さんとの別れが早まることになると、そうおっしゃりてえんでござんしょう」

姫四郎は、悪戯（いたずら）っぽく、片目をつぶって見せた。

「え……！」

お初はハッとなって、大きく目を見開いた。図星だったのである。だが、どうしてそこまで見抜かれたのかと、お初は不思議だったのに違いない。お初の顔が赤く染まるのが、夜目にもはっきりとわかった。

「下部の湯治場へ迎えの者をこさせなかったのも、ここに三日も留まっていなすったのも、姫四郎さんと一緒にいたいの一心からだったんでござんしょう」

そう言って、姫四郎はクスッと笑った。

「そんな……」

慌(あわ)てておお初は、姫四郎に背を向けた。

これはもう身体で契(ちぎ)っている仲に違いないと、姫四郎は察していた。そうでなければ、お初がそこまで苦悩するはずはなかった。単なる恋の病(やまい)ではなく、お初は深刻な事態に追いやられていると見るべきだった。

『吉富』の娘ともなると、いわゆる世間知らずで、病源菌に対する抵抗力などまるで持っていない身体も同じである。そのお初が生まれて初めて、三カ月も旅先で過ごしたのであった。

しかも、ニセモノの姫四郎という色男と、ずっと一緒だったのだ。ニセモノの姫四郎のような美男で、女を口説(くど)くのが巧みな男を生まれて初めて知ったのだとしたら、お初は赤子の手をひねるよりも容易にその術中にはまったことだろう。一度でもニセモノの姫四郎に肌を許したとなると、お初にはもうブレーキがきかない。半ば狂ったように無我夢中になり、この世に男はただひとりしかいないものと、お初は思い込んでしまう。

しかし、まさか『吉富』の娘が、流れ者と夫婦になるわけにはいかない。たとえ名医の息子だという嘘が通用したとしても、現在のニセモノの姫四郎が無宿人であれば、吉野屋富右衛門が娘との仲を許すはずはないのである。

その夜遅くなって、ニセモノの姫四郎が部屋を出て行くのに、姫四郎は気がついた。姫四郎や佐吉たち四人の渡世人は、普通の客人ということでそれらしい扱いを受ける。夜具は一枚だけで、それを二つ折りにして柏餅（かしわもち）のようになって寝る。だが、ニセモノの姫四郎は特別な客人だし、堅気の人間と看做（みな）されてもいる。そのために、渡世人の扱いはされない。ニセモノの姫四郎には敷き蒲団、それにちゃんとした枕も与えられていた。

部屋だけが同じであり、ニセモノの姫四郎は左端に夜具をのべて寝ている。右端が姫四郎で、その間に佐吉、久五郎、新助、虎八が横になっていた。四人の渡世人は大鼾（おおいびき）をかき、寝言を口走り、歯ぎしりをして賑やかに熟睡している。

ニセモノの姫四郎が、足音を忍ばせて部屋を出て行った。目的地については、見当がついている。廊下の突き当たりにある小座敷に、お初がひとりで寝ているのであった。しばらく間をおいて、姫四郎も起き上がった。

板戸をあけて、廊下へ出る。足が冷たいし、吐く息が白かった。その寒さから、真夜中だと判断がつく。廊下の突き当たりの小座敷も、板戸によって仕切られている。板戸に隙間を作って、姫四郎は目を近づけた。

燈心を一本にした行燈に、火がはいったままになっている。薄暗いが、部屋の中は十分見通せた。ニセモノの姫四郎は、すでに、お初の蒲団の中にはいり込んでいる。のしかかるようにして娘を抱いている男と、泣き出しそうな目で男を見上げている娘の顔を、姫四郎は眺めやった。

「明日は、いよいよ松井田か」

ニセモノの姫四郎が、お初の一方の乳房を掘り起こすようにあらわにさせた。

「ああ……」

恥じらってお初は、顔をそむけて目を閉じた。

「明日の晩はこうして、睦み合うこともできまい」

ニセモノの姫四郎は、お初の乳房を揉みしだきながら、小さな赤いツボミを口の中へ吸い込んだ。

「姫四郎さん……」

眉根を寄せて、お初は身悶えた。

「お初……」

「夜明けまで、気がすむように可愛がって下さい」

「何度睦み合おうと、気がすむといったことがあるだろうか」

「初はもう、気が狂いそう」

「わたしもだ」

「明日は松井田だなんて、お別れするようなことは、おっしゃらないで下さい」

「別れずに、すむだろうか」

「いや、いやです。姫四郎さんと別れるくらいなら、死んだほうがマシです」

お初が激しく、首を振っている。

「お初……」

ニセモノの姫四郎が、お初の唇を塞(ふさ)いだ。二人は熱っぽく、口を吸い合っていた。そのうちにお初はわれを忘れたらしく、みずからニセモノの姫四郎の首に両腕を巻きつけた。掛け蒲団が、妖(あや)しく上下している。

板戸の外で寒気に身震いしながら、姫四郎はニヤリとしていた。

三

ニセモノの姫四郎の魂胆が、読めたのである。

お初は目を閉じているし、激しく喘ぎながら忘我の境地にあるので、わからないのに違いない。お初は男の言葉だけを、聞いているのだった。男の言葉は情熱的だし、真実味に溢れている。

だが、それが芝居だということは、第三者の観察する目には明らかだった。男の表情は冷静そのものだし、目もあけたままでいる。甘い言葉がどのくらい効果的か、男はちゃんと目で確かめているのだ。

お初は必死になっているし、一途でひたむきであった。すっかり興奮して、自分というものを見失っている。男のほうは余裕をもって、名演技を続けていた。

その点が、対照的な男と女であった。

「二、三日は松井田の長者屋敷に、厄介になることだろう。だが、それがすぎたあとは、別れるより仕方があるまい」

ニセモノの姫四郎が、頬ずりをしながら言った。

「姫四郎さんは、わたしを弄(もてあそ)んだのでしょうか」

お初は枕を倒して、大きくのけぞった。

「何を言うのだ。わたしの胸のうちを承知しているくせに……」

「でしたら別れるなんて、冗談にも口にしないで下さい」

「別れるなどと、考えたくもない。しかし、わたしのような男を吉富が、どうして迎え入れてくれようか」

「わたしから、おとっつぁんに頼んでみます。おっかさんは、初(はな)からわたしの味方になってくれます」

「どのように、頼んでみるのだ」

「姫四郎さんとわたしを夫婦(みょうと)にして下さいって……」

「そんなことを、誰が承知するものか。わたしには住む家もなく、医者というのも名ばかりの一文なしではないか」

「それは姫四郎さんを、吉富の婿(むこ)として迎えるわけにはいかないでしょう。でも、わたしのために住まいを用意してくれて、一千両や二千両の持参金をよこすことぐらいでしたら、できるはずです」

「それで、どうするのだ」

「わたしが吉富を出て、姫四郎さんと所帯を持つんです。二千両もあれば、暮らしにも困らないでしょう」

「そりゃあ、それだけの大金があれば、どうにでもなるだろう。だが、承知してもらえなければ、それっきりではないか」

「何としてでも、おとっつぁんを説き伏せます。わたしのお腹の中には、姫四郎さんの子がいるって、嘘をつくこともできるでしょう」

「お初、そういうお前の心根がいじらしくてならぬ」

「姫四郎さんと一緒になるためなら、どんなことでもできます」

「わたしも、そうだよ。お初と別れるようなことになったら、わたしは一日だって生きてはいられない」

「ほんとうに……？」

「ほんとうだとも」

「嬉しい！」

「お初……！」

「おとっつぁんだって、わたしが死ぬ気で頼んでいるとわかれば、きっと承知してくれます」

「もし、どうしても駄目ということになったときは、二人で一緒に死のうではないか。あの世で、夫婦になればいい」

「姫四郎さん、わたしは嬉しい。しあわせです。果報者です！」

「さあ、これで恐ろしいことは、なくなったようだ」

「姫四郎さん、早く可愛がって……」

そう口走ってから、お初は両手で顔をおおった。

「お初は、わたしのものだ」

ニセモノの姫四郎は起き上がると、お初の下肢を大きく割った。荒々しくお初の両脚をかかえ込んで、腰を引き寄せる。感極まったように、お初は泣き出すみたいに甘い声を洩らした。

姫四郎は板戸を閉じると、部屋の前を離れた。ニセモノの姫四郎の狙いは、金にあるのだ。『吉富』の婿になれるはずはないし、なりたくもないだろう。お初と夫婦になるということで、『吉富』から二千両も引き出すつもりでいるのである。

一生、楽に食べていけることで、満足するのもいいだろう。場合によっては二千両をせしめたあと、お初を捨てて逃げるということも考えているのに違いない。

いずれにしても、大資産家の娘を誑(たら)し込んだというわけである。

佐吉たち四人の渡世人にしても、まとまった礼金をもらうつもりで松井田の長者屋敷に乗り込むのだ。もし『吉富』が礼金をケチるようなときには、佐吉たちが開き直ったり凄(すご)んだりすることになる。

そのくらいの話し合いは、佐吉たちとニセモノの姫四郎とのあいだで、すでにできているのだろう。とんだ野郎に姫四郎という名前を利用されたものだと、姫四郎は苦笑しないではいられなかった。

翌朝、明け六ツに姫四郎は下仁田を出立した。中小坂まで行って、下仁田街道からそれる。左手に、妙義山が見えている。八城(やしろ)という村までくると、松井田はもうすぐであった。

妙義山から一里のところで、碓氷川(うすいがわ)にぶつかる。碓氷川に架かった橋を渡れば、中仙道の松井田宿である。その橋の手前の小高い丘陵地帯にのぼると、姫四郎は碓氷川に沿って続いている白壁の家を眺めた。

土蔵も塀(へい)も白壁で、まるで城のように大きい屋敷であった。『吉富』の長者屋敷である。その屋敷の彼方には、酒蔵が並んでいる。とにかく広大な長者屋敷で、さすがは『吉富』と思いたくなる。

川向こうに、街道が見えている。右のほうは、安中、板鼻、高崎と続く。左へ行けば碓氷の関所があって、坂本から先は碓氷峠だった。その中仙道の宿場、松井田が川向こうの正面にある。

長い町並みで、人家が三百余戸あった。人口は一千二百余人、旅籠屋が十四軒である。名所は妙義山、万福寺や金剛寺などの寺院、それに上州を代表する富豪の『吉富』の長者屋敷だった。

やがて、男女六人の姿が、南のほうから近づいて来た。先頭を久五郎と新助が行き、次にお初をはさむようにして佐吉とニセモノの姫四郎、そのあとに虎八が従っている。だが、虎八だけが、かなり遅れている。

足を引きずるようにして、虎八はふらふらと歩いてくる。熱が下がるどころか、更に高くなっているのだろう。顔色も悪いし、完全な病人となっているようだった。ただの病気ではなさそうだと、姫四郎は直感した。

長者屋敷の門前にいた数人の男女が、一行に気づいて歓声を上げた。そのうちのひとりが門の中に駆け込むと、大声で叫びながら屋敷の奥へと走り去った。長者屋敷の中が、騒然となった。

十人、二十人、五十人と男女の列が流れるように、長者屋敷の表門へ向かってくる。遠くの酒蔵のほうからも、大勢の若い衆たちが走って来た。脇や裏の門から出て来た者も、白壁の塀に沿って、門の周辺に集まってくる。

その数は、二百人に近い。すべて『吉富』の奉公人たちである。橋を渡って走ってくる人々は、松井田の宿民であった。あちこちから姿を現わして、道端に居並ぶのは八城村の村人たちだった。

たちまち六百人ほどの男女が、長者屋敷の表門を中心にした沿道を埋め尽くした。大変な騒ぎであった。一瞬にして、これだけの人数が一カ所に集まるというのは、ほかに例を見ないことである。

それだけ凄まじい歓迎ぶり、ということになる。紋付きに袴という男が、三人ほど表門の前にいた。吉野屋富右衛門と、二人の息子に違いない。娘そして妹の命の恩人に対して敬意を表すために、三人は礼装して出迎えたのである。

歓声と拍手が湧いた。駆け寄ったお初が、両親と抱き合っている。さすがに、お初は泣いているようだった。感激の再会にもらい泣きする女たち、手を叩きながら笑っている男たち、踊り上がって叫んでいる若者たちと、あたりはもう戦場のような騒ぎだった。

そうしたお祭騒ぎの中で、虎八がいきなり地面にすわり込んだ。それを見て姫四郎は立ち上がり、丘陵の斜面を駆けおりていった。姫四郎が人垣をかき分けて近づいたとき、虎八は路上に倒れ込んでいた。

姫四郎はしゃがみ込んで、虎八の全身を眺め回した。顔を見ただけで、高熱を発しているとわかる。虎八はゲーゲーと声を洩らして、吐き気を訴えている。頭痛が、激しいようであった。

「身体が、痛くて仕方がねえ。腰にヒビが、はいったみてえだぜ」

虎八が、うなるような声で言った。その虎八の手と顔に、いくつかの吹出物が認められた。発疹(はっしん)である。

姫四郎の顔が、一瞬にして緊張した。姫四郎がこれほど厳しい表情を示すのは、滅多にないことだった。姫四郎は、近くにいた『吉富』の奉公人と思われる若い衆たちに、声をかけた。

「病人が出たんで、みなの衆にここを離れるように、言ってやっておくんなはい」

姫四郎は、若者たちにそう指示した。

若い衆たちは姫四郎の貫禄と険しい顔つきに圧倒されたらしく、すぐに声をかけ合って近くにいる人々を左右に追い立てた。五十人からの男女が、不満そうな顔をしながら、かなり遠くまで後退した。

代わりに十人ほどの人々が、路上に残された姫四郎と虎八のところへ駆けつけて来た。佐吉、久五郎、新助、ニセモノの姫四郎とお初、それに吉野屋富右衛門にその家族たちであった。

「この病人は、屋敷内へ入れねえほうがようござんすよ」

姫四郎は、取り囲んだ連中を見上げて言った。

「何だと……」

「えらそうに出しゃばりやがって、何てことを言いやがる」

「余計なことを、吐かすんじゃねえ」

佐吉、久五郎、新助の三人が、恐ろしい形相になって姫四郎をにらみつけた。

「取り返しのつかねえことになっても、よろしいんでござんすかい」

姫四郎は、礼装をした六十年配の男に視線を向けた。その男が長者屋敷の当主、三代目の吉野屋富右衛門なのである。

「お前さまは、どなたさまなのでございますかな」

吉野屋富右衛門は、気品のある顔を曇らせて訊いた。

「あっしは、通りがかりの者でさあ」

「それでは、事情をご存じないのも無理はない」

「昨日からお嬢さんたちとはご一緒なんで、事情は呑み込んでおりやすよ。お嬢さんの命の恩人を、見捨てるわけにはいかねえと、おっしゃりてえんでござんしょう」

「その通りでございます。こちらのお方がどのような重病人だろうと、屋敷内にお迎えして手を尽くさせて頂くのが、わたくしどもの務めでございます」

「どのような重病人だろうとって、申されやしたね」

「はい」

「大きな声じゃあ言わねえほうがいいと思いやすが、この虎八さんは痘瘡にかかっているんでござんすよ」

姫四郎は立ち上がって、周囲に並んでいる顔を見回した。

「痘瘡……」

吉野屋富右衛門は、絶句していた。

お初、佐吉、久五郎、新助、それにほかの者たちも表情を固くしていた。路上の虎八と姫四郎を交互に見やりながら、一同は何となく後ずさりをしていた。痘瘡と聞けば、逃げ腰になるのは当然であった。

不意に、笑い声が聞こえた。ニセモノの姫四郎が、顔を引き攣らせて笑い出したのである。

「何が、痘瘡だ。愚かなことを、やたらと口にするものではない。わたしは関八州随一の名医内藤了甫を父に持つ野州河内郡乙井村の内藤姫四郎、お前のような渡世人風情の見立てをどうして信ずることができようか」

笑いながら、ニセモノの姫四郎は言った。偽医者には、発熱、嘔吐、頭痛、筋肉痛、腰痛、発疹が、痘瘡発病期の特徴だということもわかってはいないのだ。ただ吉野屋富右衛門の前で大見得を切り、いいところを見せようということしか考えていないのである。

「そうだ、ここに医者の先生がいなさるってことを忘れていた」

「本物の医者の先生の前で、いいかげんな与太を飛ばすんじゃあねえ」

佐吉と久五郎が、大声で笑った。

「おとっつぁん、姫四郎さんがおいでなんだから、何の心配もありません」

嬉しそうな顔で、お初が吉野屋富右衛門に言った。

「そうか」

吉野屋富右衛門も、ホッとしたように口もとを綻ばせた。

「あっしは、松井田の嘉平次親分のところに草鞋をぬいでおりやす。もし手に負えねえようなことになったら、遠慮なく知らせておくんなはい」

吉野屋富右衛門に一礼すると、姫四郎はさっさと歩き出していた。おそらく大変なことになるのだろうが、この場はこうして引き下がるほかはなかったのである。

四

痘瘡――。

あるいは疱瘡ともいうが、要するに天然痘であった。日本では奈良時代に初めて流行を見て以来、魔病として恐れられて来た。この痘瘡が流行すると、患者の五十パーセント以上が死亡した。

死なずにすんでも顔にアバタが残り、女子たちは結婚の道を断たれて、一生の運命が決まってしまう。急性の伝染病の猛威を、人々は恐ろしい神秘の病気として受け取ったのである。

身分、性別、貧富、年齢、職業の違いにも無関係であり、誰でも病状が一致している。大名だろうとこの病気にかかるのだから、何とも不思議でならなかったのだ。

それで、この病気を防ぐには神仏の信仰、あるいは祈禱に頼るほかはないとされた。各地の寺社では、疱瘡除けの呪符を発行し、この病気を恐れる家になると疱瘡神というのを祭っていた。

この疱瘡神の風習が、現在もまだ残っている土地がある。疱瘡神に祈ると疱瘡を免れ、かかったとしても軽くてすむと、人々は信じていたのだった。疱瘡が流行すると、住まいの入口に赤紙を貼ることになる。その赤紙には、『鎮西八郎為朝様御在宿』と書く。

また、疱瘡絵というのがあって、鎮西八郎為朝、鍾馗、桃太郎などを描いた赤摺りの錦絵で、これを疱瘡除けのまじないとするのである。強い男の絵や名前を頼りにするのは、疱瘡を悪魔による病気と見ていたからであった。

江戸時代も元禄の頃には、香月牛山という医師が著書の中で、疱瘡は胎毒によるものと主張し、胎毒と時疫の作用だという考え方が、以後百年間は支配的であった。

しかし、江戸も後期の文化七年に、橋本伯寿が著作『断毒論』によって、初めて疱瘡は伝染病だと唱えた。更に寛政年間になって、緒方春朔などが、疱瘡の予防を試みて名声を得た。

　この予防はもちろん、ジェンナーの牛痘接種とは違う。人痘による種痘であった。疱瘡にかかった病人の痂皮を粉末にして、鼻腔内へ吹き入れるという天然痘の予防接種だったのである。

　しかし、やはり一般には祈禱とか、まじないとかが頼りにされていた。身分のある人が疱瘡にかかると、医師の手当てだけではなく必ず祈禱が行われた。それほど流行性が強かった、ということになるのだろう。

　姫四郎は、松井田の嘉平次親分のところに草鞋をぬいで、事態の推移を見守ることにした。姫四郎が嘉平次親分のところに立ち寄ったのは、これが四度目であった。

　嘉平次はまだ三十代の親分だし、姫四郎のことをよく知っていた。嘉平次は指先の怪我が丹毒となり、高熱を発したときに、姫四郎の治療を受けてよくなったことがある。そうしたことから気安い仲になり、姫四郎にとって嘉平次の住まいは居心地がよかったのだ。

　姫四郎は嘉平次だけに、長者屋敷に疱瘡にかかった男がいるということを打ち明けた。ついでに、ニセモノの姫四郎のことも話しておいた。松井田の嘉平次は、話を聞いて顔色を変えた。

「このままにしておいたら、松井田、八城の全部に流行っちまうんじゃあねえのかい」

嘉平次は、じっとしていられないような様子だった。

「親分、このことはまかり間違っても、口外しねえようにしておくんなはい。噂が広まったら、とんでもねえ騒ぎになっちまいやすからね」

姫四郎は言った。

「それで、おめえさんはどうするつもりなんだ」

「いまに手に負えなくなりゃあ、吉野屋の旦那がここへ頼みに来なさるでしょうよ」

「それをただ、ぼんやり待っているってわけかい」

「吉野屋の旦那がその気にならねえ限り、手も足も出せやせんからね」

「その偽の姫四郎の言いなりになっていて、痘瘡だって見立てにも耳を貸そうとしねえのか」

「何しろ、偽の姫四郎のことを大した名医だと、いまのところは信じておりやすからね。それに娘のお初も、わがままを通すことでござんしょう」

「その偽の姫四郎ってのを、叩っ斬っちまったらどうなんだ」

「そんなことをしたら、お初さんまでが生きちゃあいねえでしょうよ」

「仕方ねえだろう。松井田、八城の何百という人たちの命には、代えられねえと思うがな」

「叩っ斬るのは、野郎の出方次第ってことに致しやしょう」

「そんな悠長(ゆうちょう)にかまえていて、いいもんかねえ」

「親分、痘瘡に効く薬はねえんでござんすよ。こうなったからには、ジタバタしても仕方がありやせん」

「二、三日、待ってみるか」

「へい」

「だったら若い者をやって、長者屋敷の様子を探らせよう」

「どうして長者屋敷の様子を探らせるのかは、お身内衆の耳にも入れねえでおくんなさいよ」

「わかっていらあな」

それで嘉平次も何とか、落着きを取り戻せたようだった。翌日になって嘉平次は、若い者を二人ばかり長者屋敷へ走らせた。若い者は長者屋敷の奉公人たちから話を聞いて、夕方には嘉平次のところへ戻って来た。その報告によると、虎八は別棟の一室に寝かされているという。

その別棟の離れは、特別の客を迎えるために、贅を尽くした座敷が五間もあるということだった。佐吉、久五郎、新助も、その別棟の座敷にいるらしい。虎八はもう苦痛を訴えないが、全身の発疹がひどくなっている。

ほかに久五郎が発熱して、寝込んでいるという。しかし、明日には富右衛門からひとりにつき二百両ずつの謝礼金をもらい、佐吉、久五郎、新助、虎八の四人は長者屋敷を出立するということである。

しかし、四人が明日に出立することは不可能だろうと、姫四郎は判断していた。虎八はいよいよ、本病にはいったのである。苦痛が去って発疹がひどくなるのは、本格的な痘瘡になった証拠なのであった。

それに、久五郎も発病したらしい。ニセモノの姫四郎はお初と一緒に終日、吉野屋富右衛門夫婦と話し込んでいるという報告であった。多分、ニセモノの姫四郎とお初が深い仲にあることを告白して、今後どうすべきかを富右衛門夫婦に相談しているのだろう。

翌日の午後になって、吉野屋富右衛門がひとりだけで嘉平次の住まいを訪れた。富右衛門は人目につかないように、長者屋敷を抜け出して来たらしい。苦悩する顔で富右衛門は、すっかり元気を失っていた。

姫四郎と嘉平次は、富右衛門と奥まった部屋で対面した。いつもは使われていない蒲団部屋で、嘉平次は子分たちに呼ばれるまで近づくなと、厳しく申し渡した。

「とんだ厄病神（やくびょうがみ）が舞い込んだってことに、旦那もお気づきになったようでござんすね」

嘉平次が言った。

「何とも、面倒なことになりましてな。手に負えなくなったら相談にこいというそちらの旅人（たびにん）さんのお言葉に甘んじて、恥を忍んで参ったというわけなのですが……」

富右衛門は肩を落とし、頭をかかえたいという風情であった。

「姫四郎って野郎が、無理難題を吹っかけやがったんですね」

嘉平次はキセルをくわえて、富右衛門の顔を見守った。

「娘の命の恩人でございますから、大抵のことは承知するつもりでおりました。

ところが姫四郎さまのおっしゃることが、あまりにも筋が通らない頼みというわけでございましてな」

　富右衛門は首をひねったり、溜め息をついたりであった。

「どうしろってんですかい」

「五千両の持参金をつけて、お初を嫁にくれと申されるのでございます」

「五千両……！」

「五千両となると、わたくしどもでも右から左へと用意できるものではございません。それに、五千両の持参金をつけてまで娘を嫁にもらって頂くことはないと、わたくしどもにも意地がございます」

「おっしゃる通りでござんすよ。どこの馬の骨ともわからねえ野郎に、五千両をつけてお嬢さんをもらってもらうなんて、天下の吉富の恥になりますさあ」

「ところが、それがいやなら二人の病人を、わたくしどもの屋敷に残していくと、申されるのでございます」

「脅（おど）しですかい」

「今朝から姫四郎さまは別棟の座敷に、御祈禱所を設けられて、御祈禱を始めるばかりにしておいでなのです」

「祈禱所……？」

「わたくしが、色よい返事をしない限りは御祈禱も始めない。二人の病人を置き去りにすると、凄んでおいでございます」

「姫四郎って野郎は、医者なんでござんしょう。医者が祈禱するってのは、いってえどういうわけなんで……」

「二人の病人を治すには、御祈禱に頼るほかはないと申されて……」

「旦那、この客人からお聞きになったはずですぜ。あの病人は、疱瘡にかかっているんだってね」

「しかし、姫四郎さまは疱瘡に似て、疱瘡にあらずと言い張っておいでです」

「旦那には一つ、はっきりと申し上げておきましょう」

「何でございますか」

「あの姫四郎ってのは、偽医者なんでござんすよ」

「え……！」

「つまり医者でも何でもねえし、ただの無宿人ってわけでさあ。大方、生っ白い色男面で女を誑しちゃあ、まとまった金を手に入れるって悪い野郎でござんしょうよ」

「ですがな、姫四郎さまは関東随一の名医と言われた……」

「内藤了甫先生の三男として生まれた姫四郎ってのは、ここにいるこの客人のことなんでござんすよ」

「そんな！……」

「旦那、松井田の嘉平次が言っていることなんでござんすよ。どうか、信じてやっておくんなさい」

「そうだったのでございますか。それはそれは、とんだご無礼を致しました」

富右衛門は姫四郎のほうへ向きを変えて、畳に両手を突き頭を下げた。

「お手を上げなすっておくんなはい。いずれにしても、見た通りの無宿の渡世人でござんすよ」

姫四郎は、ニヤリとした。

「こうなったからには、本物の姫四郎さまに、おすがりするほかはございません」

富右衛門は、泣き出しそうな顔になって言った。

「ところで、お嬢さんのほうはどうなんでござんしょう」

姫四郎が訊いた。

「どうもこうもございません。親のほうが目のやり場に困るくらい、べったりと貼りついております。もう前後の見境いも、つかないのでございましょうか。姫四郎さまの言う通りにしてくれないのなら死ぬの生きるのと、騒ぎ立てております」

「さようでござんすか」

「お初は、身ごもっているとか申しております」

「そのご心配は、無用にござんす。お嬢さんはあの男と一緒になりたいばっかりに、作り話をなすっているんでござんす」

「ほんとうでございましょうか」

「間違いござんせん」

「でしたら、ひと安心でございます。わたくしどもにはそのことが、何よりの頭痛のタネでございまして……」

「吉野屋さんに、申し上げてえことがござんす。何をしようとかまわねえからって、あっしにお任せ下さるんなら、手をお貸し致しやしょう」

　姫四郎は言った。

「何をしようと、でございますか」

富右衛門は、不安そうな顔になっていた。

「悪い連中を片付けりゃあ、それですむってことじゃあござんせん。肝心なのは、疱瘡という恐ろしい病(やまい)を、流行らせねえってことなんでござんすからね」

姫四郎の目が、キラッと鋭く光った。

五

松井田の嘉平次も、手助けをしたいと言い張った。親分と呼ばれる男なら、それが当然である。嘉平次にとっては地元である松井田宿と八城村、そしてそこに住む人々を、疱瘡の流行から守りたいのだ。

同時に松井田宿や八城村へ、災難を持ち込んで来た連中が、憎いのであった。他所者(よそもの)が好き勝手なことをして、この土地に多大な迷惑を及ぼしている。それがなまじ無宿者や渡世人であるだけに、嘉平次としても腹が立つのだろう。

その嘉平次の気持ちは、姫四郎にもよくわかる。しかし、姫四郎はあえて、嘉平次の申し入れを断わった。それは嘉平次の今後の立場というものを、考えたうえでのことだったのである。

「今夜のうちに、あっしは出立させて頂きやす。これから先、何年かは松井田に立ち寄らねえように致しやす。そういうあっしだからこそ、できることなんでござんすよ」

姫四郎は嘉平次に、そう説明したのだった。

納得できないのか、嘉平次は不満の色をむき出しにしていた。

「この松井田に住みついているおれには、できねえってことなのかい」

「へい。親分さんがあっしに手を貸したってことになりゃあ、親分さんに迷惑が及びやす。これから先いつまでも恨みを買うことになって、この土地には居辛くなるかもしれやせん」

「どうも、よくわからねえ」

「こいつは旅から旅へと、石をぶつけられて追われても知らん顔でいられる流れ者だけに、できる仕事ってもんでさあ」

「いってえ、どんなことをやらかす気でいるんだ」

「悪い連中を追い払い、この土地を疱瘡から守るんでござんすよ」

「だったら、お上からお咎めを受けたり、恨みを買ったりするはずはねえだろうよ」

「世間とはそんなもんじゃあねえと、あっしは思っておりやす」

「吉野屋の旦那にも、何をしてもかまわねえと承知させたし、よほどの荒療治をやるつもりだな」

「厄病神に、死に場所ってものを、教えてやるだけのことでござんすよ」

「おめえさん、最初から連中を叩っ斬る気なんだな」

「死ぬも生きるも、大して変わりはござんせん。だったら、せめて連中に何百という命に代わって死ぬという結構な往生際を、知らせてやろうと思いやしてね」

表情を動かさずに、姫四郎は言った。姫四郎としては珍しく、はっきりとした意志と決意を示したのである。いまはそうするより仕方がないと、姫四郎は決断を下したのであった。

小の虫を殺して、大の虫を生かすのである。そのように決断を下せるのは姫四郎に医術の心得があって、疱瘡の流行がいかに恐ろしいものかをよく知っているからだった。そのために姫四郎は富右衛門から、どのようなことをしてもいいという言質を取ったのであった。

不安であっても、首を横に振るわけにはいかない。それで富右衛門は、渋々ながら承知したのだった。その富右衛門に姫四郎は、大量の焼酎を用意するように頼んだ。『吉富』は、造り酒屋である。諸白と呼ばれる清酒のほかに、もろみとり焼酎も造っている。もろみとり焼酎は玄米やくず米を原料として清酒の醸造と同じ過程により、もろみを発酵させたあと蒸溜するのであった。

商売物の焼酎が、いくらでもある。その焼酎で長者屋敷を隈なく洗い清めるように、姫四郎は富右衛門に指示を与えた。これも父の内藤了甫の話のうちから、仕入れた知識であった。

「痘瘡の毒は、強い酒によって消えるそうだ」

内藤了甫が兄たちにそう言っているのを、姫四郎は聞いたことがあるのである。このときすでに一部の医者たちは、天然痘の病源体がアルコールに弱いことを、知っていたのだった。

夜になるのを待って、姫四郎はひとり長者屋敷へ向かった。手甲脚絆に草鞋ばき、三度笠に道中合羽を引き回して、姫四郎はすでに旅姿であった。目的を果たしたら、今夜のうちに松井田宿をあとにする。

もう嘉平次にも、挨拶をすませて来ている。長者屋敷を出たときには、その足で行方定めぬ夜旅の道であった。姫四郎が松井田宿から消えたことは、嘉平次も富右衛門も他言しないという約束だった。

表門から、長者屋敷の中へはいった。右のほうに池があり、それを松林が取り囲んでいる。その池と松林を眺めて、茅葺きの屋根が高くて大きい建物がある。それが贅沢な造りの客用の離れで、母屋から距離のある別棟になっていた。

「待ちねえ」

と、声がかかった。

離れの入口の近くで、横手の松林から二つの影が出現した。佐吉と新助である。旅仕度はしていない。着流しだが、長脇差を手にしていた。

「吉野屋富右衛門に脅しをかけたら、やがて渡世人がここへくることになっていると、あっさり白状しやがったぜ」

佐吉が言った。

「その渡世人ってのは、おめえのことだろうよ」

新助が、憎々しげに笑った。

「屋敷中を焼酎で洗い清めろって、入れ知恵したのもおめえだろう」

「まあ、それで病が防げるってなら、悪いことじゃあねえやな」

「だがな、臭くってやりきれねえ。あっちへ行ってみな、焼酎の匂いで息苦しくなるし、歩いているだけで酔っちまうぜ」

「焼酎の入れ知恵については、まあ目をつぶってやるぜ」

「ところが、どっちみちおめえには、死んでもらうのよ。どうせ、おれたちのやることを、邪魔立てしようって魂胆に違いねえ」

「そのためにこうして、ここへやって来たんだろう」

佐吉と新助の呼吸が、乱れがちであった。息遣いだけでも、いかにも苦しそうである。息が白いのに佐吉は顔に汗をかいているし、新助は身体を震わせていた。

「おめえさん方も、どうやら病人になったようで……」

姫四郎は顔の下半分に手拭いを巻いて、鼻と口をおおった。痘瘡の毒は鼻や口からはいって感染すると、これも父の話を小耳にはさんで知ったことであった。

「やかましいやい！」

怒声を発して、佐吉が長脇差を抜いた。

「ところで、姫四郎さんは御祈禱中でござんすかい」

手拭いの内側で、姫四郎は口を動かした。

「そんなこと、知るもんかい！」

新助も、長脇差を鞘走らせた。

「姫四郎さんも熱を出して、寝込んでいるってところですかね」

姫四郎は、目だけで笑った。

「何が、おかしいんだよ」

佐吉が、長脇差を振りかぶった。足もとが、ふらふらしている。

「おめえさん方と姫四郎さんとは、どんなかかわりがあるんでござんしょう」

「深いかかわりなんて、あるもんかい。甲州で知り合って、下部の湯治場で世話になっただけよ」

「ですがその後、吉富の娘とわかったお初さんとかかわりを持って、まとまった金をせしめようと企(たくら)んだときには、おめえさん方と姫四郎さんのあいだで、仲間になろうって話がついていたんでござんすね」

「だったら、どうだってんだい！」

「あの姫四郎さんってのは、いってえどこのどなたさんなんで……」

「野州河内郡乙井村の内藤姫四郎に、決まっているじゃあねえかい」

「いいかげんで、冗談はよしてもれえやしょう」

「何だと、この野郎！」

「当人を目の前においていちゃあ、通用しねえことでござんすからね」

「え……？」

「野州無宿、乙井の姫四郎。人呼んで乙姫とは、あっしのことなんでござんすよ」

姫四郎の左手が長脇差の柄にかかったとたん、闇を白い閃光が走って、乾いた夜気がヒュッと鳴った。左の逆手に握られた長脇差は、佐吉の右腕を下から切断していた。

長脇差を握った佐吉の右腕が、背後の板戸にぶつかった。その板戸にすがるようにして、ニセモノの姫四郎が立っていた。高熱を発しているニセモノの姫四郎は、口を大きくあけて荒々しく息をしていた。

「わっ」

「きゃっ」

叫び声を残して、佐吉と新助が離れの中へ逃げ込んだ。

「おれは、お役者銀次って者だ！　この疱瘡を何とかしてくれ！　頼む、おれは死にたくねえ！」

ニセモノの姫四郎も離れの中へのめり込みながら、半狂乱になって大声を張り上げた。

姫四郎は、そのあとを追った。土間に血を流しながら、右腕を失った佐吉が倒れ込んでいた。板の間へ駆け上がって、姫四郎はまず角行燈を蹴倒した。板戸を蹴破ると、その奥は座敷になっていた。

座敷は三つ、四つと続いていて、どの部屋にも火がはいった丸行燈が二つずつ置いてある。姫四郎は片端から丸行燈を、襖や障子に投げつけて回った。たちまち畳が火の海になって、障子や襖に燃え移った。

虎八と久五郎が長脇差を振り回しながら、這いずるようにして姿を現わした。背後からは、お役者銀次と新助が迫ってくる。姫四郎はすれ違いざまに、虎八の背中に長脇差を突き刺していた。

虎八が倒れ込んだそのうえに、炎に包まれた襖が崩れ落ちた。姫四郎は交差する直前に、新助の胸板に長脇差を埋め込んだ。姫四郎が長脇差を引き抜くと、新助は火の海の中へのめっていった。

「何をしやがる！」

「火付けだぞ！」

残りの丸行燈を蹴倒す姫四郎を見て、お役者銀次と久五郎が絶叫した。

確かに、火付けである。姫四郎のいう荒療治とは、このことだったのだ。長者屋敷に火を放つ。放火は理由のいかんを問わず重罪であり、火焙りという極刑に処せられる。姫四郎が嘉平次に手出しを禁じたのは、そのためであった。

「痘瘡の毒を殺して食いとめるには、火で焼くってのがいちばんなのよ」

姫四郎は、そうつぶやいていた。五人の病人がこってりと毒をまき散らしたこの建物も、病源体の巣となっている五人の死骸も、完全に灰にしてしまうのだ。それが最も、効果的な予防手段であった。

すでに、火事となっていた。火は屋内のあらゆるものに燃え移り、天井も焼け始めていた。巨大な炎が風を呼び、更に煽られて火柱となる。煙までが真っ赤に染まって、ゴーゴーという音とともに渦巻いていた。

久五郎が、腹を刺されてのけぞった。そのまま久五郎は、煙の中へ転がり込んだ。姫四郎は炎を背にして、お役者銀次の突進を待った。姫四郎の長脇差が、接近したお役者銀次の首を断ち割った。

お役者銀次は、火の中へ突っ込んでいった。あちこちで半焼した物体が崩れ落ち、煙と火花を舞い上げた。もう熱くて、建物の中にはいられなかった。火柱が噴き上げ、炎が荒れ狂い、火が波となって揺れていた。

「姫四郎さん！」

悲鳴に近い声が、突っ走った。お初であった。そのお初が、火の海へ向かって突き進んだ。姫四郎はあえて、それを妨げなかった。姫四郎はお初の顔に、多くの発疹を認めたからであった。

痘瘡が感染したお初は命を取りとめても、一生消えることのないアバタに悩みながら、好きな男の死を嘆き悲しむことになる。それならいっそのこと、惚れた姫四郎さんと一緒にあの世へ旅立ったほうがいいだろう。

お初の姿はすでに、火と煙の中へ消えていた。

それから間もなく、姫四郎の姿は夜の中仙道にあった。姫四郎は松井田をあとに、安中の方角へ黙々と歩いていた。背後の空が真っ赤に焦げているのを知りながら、姫四郎は一度も振り返らなかった。

「生きて明日なき流れ旅だぜ」

ひとりそう口に出して言ってはみたものの、姫四郎の顔はまったく綻ばなかった。

因に、江戸のお玉ヶ池に種痘館が設けられたのはこれより九年後の安政五年であり、幕府が種痘を公許したのは更に二年後の万延元年のことである。

情が死んだ深谷宿

一

上州は中仙道(なかせんどう)を高崎、倉ヶ野(くらがの)、新町とくる。高崎は八万二千石の城下町、倉ヶ野に近い岩鼻(いわはな)には代官陣屋があり、新町から江戸まではもう二十三里余、九十二キロという近距離である。

同じ中仙道でも、このあたりにくると旅人(たびにん)の数がぐんと多くなる。ありとあらゆる人々が目的地へ急ぎ、天気がよければ街道筋は賑やかすぎるほどであった。

だが、それも日が高いうちに限られる。

日が西に傾くと、とたんに人影が少なくなる。旅人たちは宿場の旅籠屋(はたごや)に落着くし、土地の人々もわが家へ引き揚げる。夕闇が訪れた頃には、無人の街道という寂しい光景になる。

新町の西のはずれ半里のところに、いまは外見だけになっている薬師堂があった。その廃屋から街道へ出た地点に、娘がひとり立っていた。十九ぐらいだろうが、色白で可憐(かれん)な感じの娘だった。

右の目の下にある泣きボクロが、娘の色気になっていて印象的であった。しかし、いかにも心細そうな顔でいるし、いささか取り乱しているようでもある。街道の左右に、忙しく目を配っていた。

白い手甲脚絆に、草鞋ばきだった。旅姿の娘であった。若い娘が、ひとり旅をするはずはない。連れがいるのだ。その連れの身に何かあって、娘は困り果てているのだと、察しをつけるのは容易だった。

助けを求めたいのだろうが、それは無理というものである。もう街道には、人っ子ひとりいなかった。夕闇は濃くなる一方だし、赤城山や榛名山のシルエットも黒々となっている。

だが、幸運にも間もなく、娘の目に人影が映じた。西のほうから、街道をこっちへ向かってくる。足が早いので、その人影はみるみるうちに近くまで来ていた。夕闇の中に、男の影が浮かび上がった。

長身の渡世人である。

薄汚れた三度笠をかぶり、道中合羽を引き回している。黒の手甲脚絆、それだけが真新しい草鞋、腰には長脇差という旅人であった。渡世人のほうも娘に気づいて、怪しむように足の運びを遅くした。

初冬である。

風はないが、日暮れの戸外は寒かった。しかも娘はひとりきりで、街道の真中に立っているのだ。キツネではないかと、警戒するのが当然であった。

「もし……」

長身の渡世人に、娘が声をかけた。

渡世人は、立ちどまった。二十七、八の男である。なかなかの色男だが、渡世人としての貫禄と凄(すご)みを具(そな)えている。

「お願いです」

娘がすがるような目で、渡世人の前に立ちふさがった。

「どうか、しなすったんで……」

渡世人は、ニッと笑った。

「お助け下さい。じいさまの具合が悪くなって、どうすることもできません。せめて人家のあるところまで、じいさまを担いでいってやって下さいまし」

娘は必死の面持(おもも)ちで、頭を下げながら手を合わせた。

「具合が、悪いんですかい」

娘は、軽くうなずいた。

「熱がひどいうえに、右足の傷が痛んで一歩だって前へ進めないんです」

「あっしが、見て上げやしょう」

「いいえ、じいさまを運んでやってくれるだけで……」

「そいつは、手当てをしたあとのことでござんしょう」

「でも、親分さんは、お医者さんには見えません」

「これでも、医術の心得が多少ござんしてね」

「ほんとうですか」

「へい」

「でしたらもう、大助かりです。わたしは武州大宮の荒物屋の娘で、お七と申します。じいさまは与作です」

「あっしは、野州無宿の乙井の姫四郎、乙姫と呼んでおくんなはい」

「乙姫さん……」

「じいさまは、あそこでござんすね」

　渡世人は、朽ち果てた薬師堂を指さした。その右手から、チリチリと音が聞こえて来た。右の手首に、数珠を二重に巻きつけているのである。

「はい」

　お七という娘は、ホッとした顔になって薬師堂のほうへ足を運んだ。

姫四郎は、そのあとに従った。
薬師堂は屋根と壁があるだけの廃屋で、床板すらも大半がはぎ取られている。六十半ばの旅の老人が、地面に身を横たえていた。ぐったりとなっていて、目を開こうともしなかった。

身体が震えているのは、高熱のせいだろう。

火を作る必要があった。明かりも欲しいし、廃屋の中を温めなければならない。姫四郎は残っている床板をはがして、長脇差の鉄鐺で砕いたり割ったりした。それを燃やして、かなり大きな焚火を作った。

与作という老人の身体は、火のように熱くなっていた。熱が高いと肌が湿るものだが、与作の場合は顔がパリパリに乾いている。つまり、単なる高熱よりも、はるかにひどいということになる。

熱の原因は、傷の化膿にあるのだ。右足の甲が、紫色に腫れ上がっていた。それが右足全体を赤くして、熱を持たせている。これでは、歩けるはずがない。命取りにもなりかねない化膿で、丹毒というやつである。

いまでは考えられないことだが、当時はこの丹毒によって命を失う者が多かったのだ。この時代はまだヨーロッパでも、丹毒による死亡率が高かった。丹毒菌も、発見されていなかったのである。

「この右足の傷を負ったのは、いつのことだったんで……」

姫四郎は、お七に訊いた。

「三日前でした」

お七が答えた。

「三日前……」

「高崎の御城下で……」

「足の甲に、何かが突き刺さったんでござんすね」

「投げた短刀が、じいさまの足の甲に突き刺さったんです」

「短刀とはまた、穏やかじゃあござんせんね」

「とんだ災難でした」

「いってえ誰が短刀なんぞを、投げたんでござんしょうね」

「盗賊一味のひとりが、投げたものなんです。あとで聞いて知ったことなんだけど、関八州一円を荒し回る盗賊一味で、その頭の八州政というのは名を知られているそうで……」

「八州政を頭にした五人組の盗賊の噂は、あっしも耳にしておりやすよ」

「その五人組が三日前の宵の口に、高崎の御城下の商家に押し入ったんです」

「ほう」

「八州政の一味は千両を奪って逃げる途中、御城下の町奉行所の見回り方に見つかり追われることになりました。一味のひとりは、追ってくるお役人に、短刀を投げつけたんです。その短刀が運悪く、たまたま横丁から出て来たじいさまの右足の甲に、突き刺さったんです」

「とんだところで、トバッチリを受けたんでござんすね」

「でも、傷そのものは浅かったし、大したことはないと手当てもせずにおいたら、昨日になって痛み出して……」

「それで無理をして今朝、高崎を旅立ったってことなんでござんすね」

「はい。どうしても決まった期日までに、大宮に帰りつかなければならないからと、じいさまは頑固に言い張ってねえ」

「事情は、よくわかりやした」

「それで、じいさまの具合は、どうなんでしょうか」

「正直にいって、明朝までの命でござんしょう」

「えっ……！」

「思いきった手当てを、施さねえ限りはってことでござんすがね」

「お願いです。何とかしてやって下さいまし」

泣き出しそうな顔になって、お七は両手を突いた。

「手当てを施すにも、ここには焼酎の一合もござんせん」

火に赤く染まっている娘の顔を、姫四郎は見守った。

「いまから、新町まで買いに行って来ます。必要な品物を、教えて下さい」

「もう、夜になりやした。いまから新町まで半里の道を走っても、品物を買い揃えることはできねえでしょう」

「何とかします」

「いやあ、明朝にってことになりやすよ」

「じいさまを、新町まで運んだらどうでしょうか」

「動かすことは、できやせんよ。全身に毒が、回っちまいやす」

「じゃあ、どうしたらいいんですか」

「必要な品物もねえままに、思いきった手当てを施すほかはござんせん」

「それで、何とかなるんですか」

「イチかバチかの出たとこ勝負、やってみねえことには何とも言えやせん」

「駄目だったってことに、なるかもしれないんですね」

「へい」

「そうですか」

「荒っぽい手当てってこともありやすし、どうするかについては、おめえさんに決めてもれえやしょう」

「乙姫さんにはほんとうに、医術の心得がおありなんですね」

お七が、そのように念を押した。当然のことながら、その点が何よりも気がかりだったのだろう。

「自慢話にも何も、なりやせんがね」

苦笑を浮かべて、姫四郎は言った。自分から打ち明けたことのない身の上話だが、お七を安心させるために、あえて聞かさなければなるまいと姫四郎は思ったのである。

野州河内郡乙井村に、関八州随一の名医と評判の内藤了甫という医者がいたこと。

賊のため一家みな殺しの悲劇にあって、三男の姫四郎だけが残されたこと。

姫四郎は、故郷を捨てて無宿者になったこと。

そんな拗ね者になった乙姫の名も、いまでは渡世人の世界を通るようになったこと。

以上のようなことについて姫四郎は、お七に説明して聞かせたのである。

「だったらもう、何もかも乙姫さんにお任せします」

決心がついたように、お七はきっぱりと言いきった。

「手は尽くしやす。そのあとのことは、天に任せるほかはござんせん」

姫四郎は別人のように、厳しい顔つきになっていた。

「どっちみち助からないんだったら、やるだけのことはやってみなければ……」

お七は、与作の顔に目をやった。

「柳瀬川の河原へ行って、平らで大きな石を拾って来ておくんなはい」

姫四郎は、お七に指示を与えた。

「はい」

お七は立ち上がって、薬師堂を飛び出していった。

姫四郎は振分け荷物の中から、新しい晒木綿と小さな皮袋を取り出した。薬草もあるのだが、湯も沸かせないのでは、利用のしようがなかったのだ。

板きれを次々に投げ込んで、焚火を大きくした。丹毒の毒を殺すには、焼酎も酢も役立たずであった。火を使うのが、最も有効であった。しかし、傷口を瞬間的に焼いただけでは、毒を完全には殺せない。

そこが、難しいところだったのだ。間もなくお七が、石をかかえて戻って来た。大人の頭ぐらいの大きさで、表面が平らになっている。その石を姫四郎は、火の中に置いた。姫四郎は小さな皮袋の中身を、半分ほど石のうえにこぼした。

それは、白い砂であった。ひと握りの砂が、石のうえに小さな山を築いた。その火の中の石と砂が、赤くなるくらいに焼けるのを、まず待たなければならなかった。

二

お七が、与作の上体を押さえ込んだ。

姫四郎は、与作の右足をかかえた。火で焙った長脇差の切先を、与作の盛り上がっている右足の甲に近づける。長脇差の切先が、紫色に腫れ上がっている肉を十文字に切開した。

与作が、苦痛を訴える。しかし、まだ目を閉じたままでいるし、もがきも弱々しかった。血膿が、どっと流れ出した。姫四郎は丹念に、血膿を押し出した。流れ出るのが鮮血だけになるまで、その作業を続ける。

時間がかかる。

姫四郎もお七も、汗びっしょりであった。ようやく、膿らしいものが見られなくなった。しばらくは、血ばかりを流れ出させる。それから、姫四郎は火の中の石に目を移した。石はもう、完全に焼けていた。

石のうえの砂も、同様であった。姫四郎は小枝の先で、石のうえの砂をすくった。とたんに、小枝が燃え出した。すくった砂を、広げた切り傷の中へ流し込む。ジュッという音が聞こえて、肉の焼ける匂いがした。

「おお！」

与作が叫んで、激しく暴れた。

そのうえにのしかかって、お七が必死に押さえつける。

姫四郎は容赦なく、焼き砂を傷口に詰め込む。与作が、動かなくなった。気絶したのである。姫四郎は、傷口に晒を巻いた。これで、この段階での手当ては終わりだった。姫四郎とお七は、顔の汗をふき取った。

「うまく、いったんですか」

不安そうな顔で、お七が訊いた。

「これで熱が引き始めたら、助かるってわけでさあ」

姫四郎は、ふうっと溜め息をついた。

「あとは……？」

疲れたというように、お七は壁に寄りかかった。

「夜明けを待って新町まで、買いものに行ってもらうことになりやす」

姫四郎は言った。

虚脱したように目をつぶってはいるが、眠れるものではなかった。思い出したように、お七は与作の顔に手を触れる。姫四郎のほうは、与作の右足の腫れ具合を確かめる。さすがに夜中になって、姫四郎とお七は浅い眠りに落ちた。

あっという間に、夜が明けた。お七が、新町へ向かった。姫四郎がお七に頼んだ品物は、焼酎、酢、膏薬、それに水銃であった。水銃とは、現在の浣腸器である。姫四郎も外へ出て、ドクダミを集めた。

与作は、眠っている。もう身体に震えもなかったし、安らかな寝顔であった。熱が下がったのである。右足の腫れも、かなり引いている。姫四郎の荒療治は一応、成功したようであった。

石のうえでドクダミをすり潰し終えた頃、お七が息をはずませて戻って来た。姫四郎はすぐに巻いてある晒を解いて、与作の右足の傷口を改めた。傷口は開いたままだが、血も膿も出ていなかった。

姫四郎は焼酎と酢の両方を、水銃に吸い上げた。それを、傷口に注入する。焼酎と酢で消毒しながら、傷口の中の砂を洗い流すのである。砂の一粒もなくなるまで、同じことを繰り返さなければならなかった。

与作が目を覚まして、また激痛を訴えながら暴れた。それを押さえつけながら、お七が昨夜からの経緯について、与作に話して聞かせた。与作は痛みを堪えて、いくらかおとなしくなったようだった。

石を残らずに洗い落としたあと、すり潰したドクダミを傷口に詰め込む。右足の甲の全体を、ドクダミによって湿布する。そのうえに膏薬と、酢をしみ込ませた晒を重ねる。そして、分厚く晒を巻く。

「これで、すみやした」

姫四郎は残った焼酎で、自分の両手と口の中を洗った。

「どうも、ありがとうございました。お礼の申しようもありませんし、このご恩は忘れません」

お七が地面に顔を押しつけるようにして、丁寧に礼をのべた。

「見知らぬお方に命を助けて頂いて、ただただ手を合わせるだけでございます」

与作がそう言って、姫四郎に向かって手を合わせた。大柄な老人だが、いまはその白髪が何とも弱々しい感じであった。旅先で他人の世話になったときは、その相手が神仏に見えるという。与作もそんな気持ちで、いるに違いない。

「とんでもねえ。こいつは、あっしの道楽ってもんでさあ」

姫四郎は、ニヤリとした。

「ありがとうございます。お情けが、身にしみます」

涙を見せまいとしてか、与作は両手で顔をおおった。

「しばらくはこのままでいて、気分がよくなったら新町へでも運んでもらいなせえ。三日も養生したら、歩けるようになるはずでござんすよ」

姫四郎は長脇差を腰に押し込むと、三度笠を手にして薬師堂を出た。

「お世話になりました」

与作の声が、追って来た。

「心ばかりですけど、これを受け取って下さいまし」

お七が、手を差し出した。その手が握っていたのは、一分金であった。一両の四分の一に相当する一分金である。

「あっしの道楽でやったことなんで、代金なんてもらえるわけがねえでしょう」

三度笠の顎ヒモを結びながら、姫四郎は悪戯っぽい目つきで笑った。

「でも、それじゃあ……」

お七が言った。

「大事にしなせえよ」

お七に背を向けると、姫四郎は日が高くなっている街道へ足を運んだ。街道へ出て、東に向かう。姫四郎はもう、振り返ろうともしない。寝不足の目に、青空と日射しがまぶしかった。

新町を抜けて神流川を渡ると、もうそこは武州であった。二里、八キロで本庄である。本庄の手前で、街道が二筋に分かれる。真直ぐが中仙道、右への道は下仁田街道ということになる。

本庄をすぎて間もなく、姫四郎はまた妙なことにぶつかった。四十前後の男が近づいて来て、いきなり姫四郎の手に小判を一枚押しつけたのである。その男は、一目で商家の番頭とわかるような旅の者であった。

「いってえ、何の真似なんでござんす」

姫四郎は小判を無視して、四十前後の男の顔を見やった。

「親分さん、人助けだと思って何とぞよろしくお願い致します」

男は困惑と恐怖の顔で、ささやくように言った。

「よろしくって、何のことなんでござんしょう」

面喰らいながら、姫四郎は思わずニヤリとしていた。

「恐ろしい連中に、つけ狙われているのでございます」

男はすぐに近くの一里塚へ、不安そうな目を走らせた。

一里塚の木蔭に、荷車が停めてある。荷車の中央が、ほんの少し盛り上がっている。菰をかぶせて縄が厳重にかけてあるので、どのような荷物を運んでいるのかはわからない。はっきりしているのは、大量の荷ではないということだけであった。

荷車のそばに、三人の男が立っている。二人が荷車を引く人足で、もうひとりは商家の手代と思われる若者だった。三人とも緊張した面持ちで、こっちを見ていた。それだけのことなら、何でもないのである。

少し離れたところにも、三人の男がいるのだった。行商人らしい身装りをしているが、いずれも油断というものを感じさせない。三人は街道脇にすわって、一服するふうを装っているが、ピンと張りつめたものが男たちの雰囲気になっていた。

　さりげなく、荷車のほうを窺っている。明らかに、様子を見ているのだ。精悍そのものの顔つきであり、目が鋭かった。恐ろしい連中というのは、その三人の行商人風の男たちを指しているのだろう。

「どうして、つけ狙われているとわかるんですかい」

　姫四郎は連中に背を向けて、商家の番頭と思われる男に訊いた。

「申し遅れましたが、わたくしは高崎の両替商上州屋の二番番頭で、喜兵衛と申す者でございます」

　男はそう言って、深々と頭を下げた。

「恐れ入りやす。あっしのことは、乙姫と覚えていておくんなはい」

　姫四郎も、腰を屈めた。

「乙姫の親分さんでございますか」

　喜兵衛と名乗った男は、怪訝そうな顔をしていた。乙姫という呼び名が、不思議だったのだろう。

「親分さんってのは、余計でござんすよ」

「申し訳ございません」

「高崎の両替商上州屋は、豪商ってことで名が高いじゃあねえですかい。その上州屋さんの二番番頭のおめえさんが、荷車を引いてどこへ行きなさるんで……？」

「人足二人に荷車を引かせ、わたくしと手代の万吉が付きそって、深谷へ向かう途中でございます」

「深谷だったら、もう目と鼻の先じゃあねえですかい」

「深谷宿に、木元屋という染物商がございます。深谷一の豪商と言われ、蔵がいくつも建ち並ぶ富裕な商家でございます。この木元屋のご主人は、手前ども上州屋の主人の弟さんでございましてな」

「それで、おめえさんたちもその木元屋さんへ、行きなさるってわけでござんすね」

「はい」

「あの三人の連中は、おめえさんたちが木元屋さんへ運ぶ荷に、目をつけているというんですかい」

「実は、昨日やや遅れて高崎をあとにしたわたくしどもは、日暮れ前に新町の宿にはいり、今日は日が高くなるのを待って新町を出立、ここにさしかかったというわけでございます」

「あの三人の連中は高崎から、ずっと付きまとって来ているんで……？」

「はい。高崎の御城下のはずれで一度、二度目は新町の宿の窓から見かけました。そして、ただいまで三度目でございます。こうなりますともう、たまたま街道筋で一緒になったとは申せません」

「なるほどねえ」

「付きまとっているか、つけ狙っているのか、そのどちらかでございます」

「あの連中に、見覚えはねえんですかい」

「まったく、ございません。ただ、もしかしたら八州政の一味ではないかと、察しをつけているのでございます」

「八州政……」

「はい」

「どうして八州政の一味だと、察しがつくんでござんしょう」

「噂に聞いたのでございますが、八州政は押し込みや盗みを働く場合、前もって一味の者に下調べをさせるとかで……」

「盗賊だったら、そいつが当たり前でしょうよ」

「それが特に念入りで、しつこいほど付きまとうのだそうでございます。それに先日、八州政とその一味が高崎の御城下で押し込みを働いたばかりなので……」

「それで番頭さんはこのあっしに、どうしろとおっしゃるんですかい」

「深谷の木元屋さんまで、わたくしどもの連れになって頂きたいのでございます」

「つまり、用心棒ってことなんで……？」

「まことに、失礼なお願いだとは、十分に承知のうえでございます」

喜兵衛という番頭は、改めて一両小判を差し出した。

「そいつは、深谷についてから、頂くことに致しやしょう」

姫四郎は、口もとを綻(ほころ)ばせた。

「お引き受け下さるので……」

喜兵衛は、やれやれというように肩を落とした。

「ところで、あの荷物はいってえ何なんでござんしょう」

姫四郎は訊いた。

「あれは、そのう……」

警戒する目つきになって、喜兵衛は首筋に手を押し当てた。

「およその見当は、ついておりやすがね」

姫四郎は歩き出しながら、生干しのイカを取り出した。

「実は近々のうちに木元屋では、熊ヶ谷宿にもお店と仕事場を普請されて、大勢の職人たちを集めることになったのでございます。そのために、かなりの出費を見ることになりまして……」

姫四郎のあとを追って、喜兵衛はそのように説明した。

「おっと、そこまで聞けば十分でござんすよ」

姫四郎はイカを嚙んでいる口で、ニッと笑って見せた。

三

深谷の木元屋では、熊ヶ谷にも新しく店を出すことになった。とりあえずは支店ということだろうが、将来は木元屋の本店になるかもしれない。そうだとすれば、店も作業場もそれなりの規模を必要とする。

木元屋のノレンや名に恥じない新規の店と作業所を建てて、多くの職人たちを集めなければならない。大変な出費となるし、豪商の木元屋だろうと、大金を遊ばせているはずはない。

まず考えるのは、融資を受けることである。木元屋の主人の実兄が、高崎の御城下でも知られた大商人であった。当然、高崎の両替商上州屋に、融資を申し入れることになるだろう。

商売のための資本を必要としているのだし、実の弟の頼みとあらば、上州屋の主人も二つ返事で引き受ける。その融資の全額を小判で、高崎から深谷まで運ばせることになった。

上州屋の主人は、その役目を二番番頭の喜兵衛に命じた。大勢の護衛をつけたりすれば、人目を引いてかえって危険である。当たり前な荷物に見せかけて、さりげなく運べば、注目する人間もいないだろう。

そうした判断から、喜兵衛のほかには手代の万吉と、荷車を引く人足二人だけで高崎を出発したのである。菰をかぶせた荷車にすれば、確かに目立たない。

しかし、荷物が少量すぎたのは、失敗だったかもしれない。何か貴重品を運んでいると、その道の専門家であれば簡単に見抜いてしまう。それに盗賊は情報をつかむのが、驚くほど巧みである。

深谷の木元屋の商売における今後の方針と、実兄が高崎の上州屋の主人だということを結びつければ、そこから何かを嗅ぎ取れる。八州政とその一味は、とっくから犯行計画を練っていたのかもしれない。

喜兵衛たちは昨日の昼間に高崎を出発して、日暮れ前には新町の旅籠屋へはいった。今朝は日が高くなるのを待って、新町を出立した。そして、まだ明るいうちに、深谷の木元屋に到着できる予定なのである。

街道筋を金品運搬の場合は、昼間のうちに出発して昼間のうちに目的地に到着する。途中も日暮れてからとか、朝の暗いうちの道中は避けなければならない。常に日が高い時間に、移動することになる。

この原則を、喜兵衛たちも守ったのである。だが、すでに高崎を出発したときから、怪しい連中の尾行が始められていたのだった。その三人組の男は、喜兵衛の察し通り、八州政の一味に違いなかった。

八州政の一味と呼ばれる五人組の盗賊は、関東一円を荒らし回ってすでに八千両も強盗している。八州政のやり方には、四つの特徴がある。特にそのうちの三つは、ほかの盗人には見られない特徴であった。

その一は、豪商、富商ばかりの土蔵を破る。

その二は、犯行時間が深夜ではなく、宵の口であること。

その三は、女や子どもを平気で殺す。

その四は、世間の意表をつくことを好む。

最後のその四だが、たとえばA地点で押し込みを働けば、遠くまで逃げてしばらくは鳴りをひそめているのが常識である。ところが八州政はA地点で強盗をやり、数日後にすぐ近くのB地点で犯行を重ねる。

また、Aという豪商を狙っていると、おおっぴらに見せつけることもある。それではまさかAを襲うまい、Aと見せかけておいて、的はBなのだろうと思っていると、その裏をかいてAに押し入るのだった。

そうした特徴に照合すると、まさにぴったりであった。深谷の豪商木元屋は、八州政の的として絶好である。数日前に高崎で押し込みをやって追われている八州政が、さして遠くない深谷で犯行を重ねる。

三人の男が、気づかれるほどしつこく、これ見よがしに付きまとっている。あの調子では、木元屋へ運ばれる金が狙いだとは、どうしても思えない。

そういった特徴と、符合するのであった。

「案ずることは、ござんせんよ」

姫四郎は喜兵衛と並んで、荷車の後ろを歩いた。荷車の前を行くのは手代の万吉で、引き役と押し役の人足二人がそのあとに従った。

荷台のうえの荷物は千両箱が三つだと、姫四郎は外見から察していた。千両箱には小判が千枚はいっているとは限らないが、総額三千両ぐらいの大金であることに間違いはなかった。

三人の男がゆっくりと立ち上がった。荷車をやり過ごしてから、男たちは歩き出した。やはり、あとを追ってくるのである。菅笠(すげがさ)で顔を隠すようにしているのも、ただの旅人ではないという証拠だった。

「親分さん……」

と、喜兵衛の声は震えているし、自然に足の運びが早くなる。

「乙姫って、呼んでおくんなはい」

姫四郎は、笑っていた。

「それでは、乙姫さん」

喜兵衛は背後を気にしていて、目だけをキョロキョロ動かしている。

「へい」

姫四郎は、知らん顔であった。

「今夜は、深谷にお泊りでございますか」

「ちょいとばかり日が高くって、気が引けやすがね。ひとり旅の男が、深谷を素通りするってわけにはいかねえでしょう」

「そういうことになるのでございましょうか」

「深谷は宿場であっても、色町と変わらねえんでござんすよ」

「噂には、聞いておりますが……」

「月(つき)の家(や)って遊女屋を、ご存じじゃあねえですかい」

「残念ながら、存じません」

「そこに、小紫(こむらさき)という馴染(なじ)みの女がおりやしてね」

「さようでございますか」

「深谷を通るときは年に一度もござんせんが、通ったら必ずその小紫を相手に命の洗濯をすることに致しておりやす」

「結構でございますな」

「二、三日も居続けしてえと思いやすが、相手は金のかかる遊女でござんすからね」

「まあ、深谷の女のために身代(しんだい)限りをした男も少なくはないと、聞いておりますから……」

ようやく喜兵衛も話しに乗って来て、背後の男たちの存在に神経質にならなくなっていた。

深谷というところには、遊女と飯盛(めしもり)と呼ばれる宿場女郎が多かった。宿場としては両隣りの熊ヶ谷や本庄よりも規模が小さくて、人家や人口も少なかった。

しかし、夜の賑わいや活気の点では、熊ヶ谷も本庄も深谷の比ではなかった。天保(てんぽう)十四年の改めによると、深谷の人家は五百二十四戸、人口が千九百二十八人ということである。

両隣りの本庄と熊ヶ谷に比較すると、人家の数は半分以下である。深谷の人口も本庄の半分以下、熊ヶ谷よりも一千人以上は少ない。それなのに旅籠屋の数となると、熊ヶ谷の十九軒、本庄の七十軒に対して、深谷は八十軒とひどく多い。

旅籠屋には、飯盛と呼ばれる宿場女郎がいる。旅籠屋が多いのは、それだけ女郎も多いということになるのだ。更に、人口の男女別の比率が、深谷の夜の賑わいを立証している。

熊ヶ谷は男が、一七〇六人。
　　女が、一五五七人。
本庄は男が、二二六四人。

女が、二二九〇人。
熊ヶ谷は女より男のほうが百五十人ほど多く、本庄は男より女のほうが二十六人ほど多くて、ほぼ同数と言っていいだろう。しかし、深谷となると同数どころか、男より女のほうがはるかに多くなるのである。
遊女を絵にするのが得意の英泉は、深谷の夜景を彩る大勢の遊女たちを描いている。この遊女の町に通いつめて破産した男が少なくないという噂も、決して誇張ではなかったのだ。

そうした深谷に八ツ半、午後三時についてしまった。いよいよ深谷の宿内にはいるというあたりに、橋が架かっている。川も浅くて幅がないのだが、橋も手摺りのない小さな土橋であった。

その橋のうえで、後ろから来た男たちが、いきなり荷車を追い抜こうとしたのだった。荷車だけではなく、その両側を人も歩いている。無理に追い抜こうとすれば当然、人と人がぶつかり合うことになる。

小さな橋のうえは、たちまち混乱した。ぶつかり合って、前へ進めなくなった旅人たちが怒号を発し、悲鳴を上げた。荷車が斜めになったので、そのうえに倒れ込む者も何人かいた。

例の三人の男が、計画的にやったことなのである。橋のうえに混乱を招き、それに乗じて菰の下の荷が千両箱かどうかを、確認することが目的だったのだ。

「親分さん」

喜兵衛が、姫四郎にしがみついた。

「乙姫でござんすよ」

姫四郎は言った。

「乙姫さん、このままでは荷車が川の中へ……！」

喜兵衛は叫んだ。

欄干（らんかん）も手摺りもない土橋で、誰もが川の中へ落ちまいともみ合い、押し返している。そのために、斜めになった荷車が移動するのであった。

「ごめんなすって……」

姫四郎は、荷車に接近している行商人の肩を引き寄せた。その行商人は、三人組の男のひとりだった。

男の身体が反転して、姫四郎のほうを向いた。その男の顎（あご）へ、姫四郎は左の鉄拳（てっけん）を叩き込んだ。男は大きくのけぞって、橋のうえから飛び出していた。

「あっ！」

男は背中から、川の中へ落ち込んだ。浅瀬なので沈まないが、その代わりに痛みがひどい。川底の石に腰を打ちつけたらしく、男は起き上がれずにいた。

仲間の男が、後ろから姫四郎に組みついた。姫四郎は男の腕をかかえ込み、激しく腰をはね上げていた。姫四郎が上体を倒すと、その背中から男が宙を飛んだ。男は橋のすぐ下の浅瀬に頭から突っ込み、川の中を派手に転がっていった。

その騒ぎだけでも、鎮静剤（ちんせいざい）にはなった。橋のうえにいた人々は、動きをとめて逃げ腰になっていた。それに加えて、ひとりだけ残った男が短刀を抜いたのであった。

「きゃあ！」

悲鳴を上げて、人々は一斉に両岸へ逃げた。もう橋のうえに、障害物はなくなった。喜兵衛、万吉、それに二人の人足が荷車を押して、無事に橋を渡りきった。あとに残ったのは姫四郎と、短刀を手にした男だけであった。

「どうするつもりなんで……」

男の顔を見やって、姫四郎はニヤリとした。

「仲間たちに、手荒な真似をしてくれたじゃあねえかい」

まだ若いらしく男は逆上して、真っ青な顔になっていた。

「行商人が、刃物を抜いたりしちゃあいけやせんね」

「おれたちだって、道中差しの代わりぐれえ持ち歩くぜ」

「それとも、このあたりで正体を現わそうと、手筈が決まっていたんですかい」

「正体だと……」

「この連中の正体は、八州政の一味だって大きな声で呼ばわりやしょうか」

「野郎、殺してやる」

「生きるも死ぬも、大して変わりのねえもんでござんすからね。あっしは、命を粗末にするなとは申しやせんよ。ですが、八州政の五人組が四人になっちまっても、よろしいんでござんしょうかね」

「黙れ！」

「だったら、思いきりよく突いて来なせえ。命のやりとりも道楽の男には、容赦ってものがござんせんよ」

「野郎！」

男はついに、突っ込んで来た。

「やめろ！」

「やめねえかい！」

川の中に立っている二人の仲間が、ほとんど同時に制止していた。

だが、間に合わなかった。すでに突進した男の右腕は、姫四郎の左手によって折り曲げられていた。男の右腕は内側に折られて、握った短刀がみずからの胸を突き刺そうとしている。

姫四郎が、男を抱き寄せるようにした。次の瞬間、姫四郎に突き放された男は、橋のうえを泳ぐように歩いた。自分の胸に深々と埋まった短刀を、男はまだ右手で握っていた。自害した姿と、変わりなかった。

男は、川の中へ転がり落ちた。川の水が、赤く染まった。われに還ったように顔を見合わせると、二人の仲間は水を蹴散らして川の中を走り去った。

四

深谷の中町にある遊女屋『月の家』の二階の小部屋で、姫四郎は盃（さかずき）を口に運んでいた。旅仕度を解いたあと、長風呂をさせてもらった。小粋（こいき）な浴衣が用意してあったし、酒も肴（さかな）も上等である。

結構な待遇であった。

金がすべてを支配している遊女屋へ来て、三日ほど居続けするからと五枚の小判を差し出せば、待遇が悪いはずはなかった。部屋も二階の奥で、遠くからさんざめきが聞こえてくるだけである。

静かであった。

夜になると、窓の下を流れる小川が白く見える。畑のほかには、松林しかなかった。空には、星の光がある。北の彼方に、まったく星の輝きが見られない部分があった。赤城山に違いない。

小紫はもう、長襦袢（ながじゅばん）だけになっていた。炭火が真っ赤になっていたし、酒もはいっているので、寒さは感じないらしい。夜具には、枕が二つ並べてある。膳部（ぜんぶ）をはさんで盃のやりとりをしていると、酔いが回るのも早かった。

「一年ぶりかねえ」

小紫が、ポツリと言った。二十五になった中年増（ちゅうどしま）だが、可愛い感じの童顔なので、二十ぐらいに見える。

「もう、ちょいとになるだろうよ」

ニッと笑って、姫四郎は窓の障子（しょうじ）をしめた。

「でもさ、嬉しいよ」

「何がだい」

「二年に一度でも、こうしてわたしのことを忘れずに、月の家に寄ってくれるんだもの。こういうのを、ほんとうの馴染みって言うんだろうね」

「さあねえ、馴染みだなんて威張っているのが、おこがましいような気がして恥ずかしゅうござんすよ」

「乙姫さんと枕を交わしたのは、これまでに三度だったねえ」

「そうでしたっけね」

「今夜で、四度目だよ」

「とんだお馴染みさんで……」

「それが、不思議なのさ。わたしには乙姫さんが、誰よりも多く足を運んでくれたお馴染みって気がして、仕方がないんだよ」

「五年のあいだに、会った数がたったの四度というのにね」

「乙姫さんが幼な馴染みだってことになっても、わたしはそれが当たり前って気でいられるね」

「幼な馴染みじゃあ、あまりにも古すぎやすよ」

「だって、そうだろ。わたしはあと三日で、年季が明けるんだよ。金で買われる身体じゃなくなるって、その最後の三日間をお前さんに買い占めてもらったんじゃないか。乙姫さんが、最後の客なんだ」

「そんなこととはつゆ知らず、ここにひょいと寄ってみたんだが……」

「だからさ、乙姫さんとわたしには何かの因縁があるんだよ」

「因縁ねえ」

「それでわたしは、いっそう嬉しいのさ。お前さんを最後の客に、身洗いができるなんてね。このことは生涯、きっと忘れられないだろうよ」

「身洗いをしてから、遊女だった頃のことなんて、思い出すもんじゃあござんせんよ。年季が明けたらその日から、地獄だった暮らしはきれいさっぱり忘れるのさ」

「そのつもりではいるけど、乙姫さんのことは忘れられないと思うんだ」

「冗談じゃあねえ。三日後にあばよをしたら、もう二度と会うこともねえあっしなんですからね。とっとと、忘れちまっておくんなはいよ」

　クスッと笑って、姫四郎は盃を傾けた。

「十五年間か、長かったねえ」

　小紫は姫四郎の肩に凭れて、しみじみとした口調で言った。嬉しさを隠しきれずに目を輝かせている小紫だが、それだけにまた振り返る過去への感慨もひとしおなのだろう。

小紫がこの『月の家』へ売られて来たのは、十歳のときだったという。翌年からもう客を取らされて、以来いったい何人の男たちが小紫の身体のうえを通りすぎていっただろうか。

十五年の年季が明けて、三日後からは自由の身になれる。それは小紫の生涯を大きく占める地獄の暮らしだったが、すぎてしまえば十五年、束の間の夢と何ら変わるところがないのである。

「身の振り方は、どんなふうに決まっているんだい」

姫四郎は盃で、小紫の肩を軽く叩いた。

「郷里へ、帰るんだ」

気がついて小紫は、酌をしながら言った。

「越後だったっけな」

「そう、遠い遠い山の向こうさ」

「越後へ帰って、暮らしていけるんだったら、それがいちばんいいだろうよ」

「何とかなるって、おとうもあんちゃも言ってくれているしね」

「そりゃあ、こんなに嬉しいことはないよ。こうした気持ちって、生まれて初めてだもの。だけど、心細くもあるんだ。だって、物心ついてからのわたしが知っているのはこの地獄だけで、当たり前な世間がどういうものかよくわからないだろ」

「嬉しいかい」

「男の世話になる気には、なれなかったのかい」

「囲い者にならないか、情婦にしてやろう、所帯を持ってもいいって、言ってくれる客は何人もいたんだけどさ。正直な話、もう男はたくさんなんだよ」

「そんなものかもしれねえ」

「ただねえ、年季が明けて去って行く女には、みんなが同じことを言うんだ。二度とこういうところに、舞い戻ったりするんじゃないよってね。ところが……」

「ところが……？」

「十人のうち九人までが、客を取る商売に戻っちまうんだとさ。わたしも自分がそうなるんじゃないかって、恐ろしくなることがあるんだよ」

「おめえさんなら、大丈夫でござんしょうよ」

「そうかねえ」

「遠い遠い山の向こうへ帰っちまえば、もう二度と舞い戻ってくることなんて、ねえと思いやすね」

「お前さん本心から、そう言ってくれるのかい」

「へい」

「客ってものはね、戻ってくるのを待っているとか、またどこかで会おうとか、そんなふうにしか言ってくれないんだよ。でも、乙姫さんだけは違うんだねえ」

「あっしは、逆らうのが好きでござんしてね」

ニヤリと笑って、姫四郎は立ち上がった。

「あら、もう行くのかい」

拍子抜けしたような顔で、小紫が姫四郎を振り仰いだ。

「約束の刻限さ」

姫四郎は浴衣をぬぎ捨てると、身仕度にとりかかった。今日から三日間、宵の口は深谷宿の木元屋に詰めることになったのである。橋のうえの乱闘を見ていた喜兵衛が、姫四郎の腕と度胸に惚れ込んでしまったのだ。

喜兵衛から話を聞いた木元屋の主人も、姫四郎に頭を下げて用心棒を引き受けてくれと頼む。喜兵衛もあと三日は高崎へ戻らずに、木元屋に詰めていると、そばから口を添える。姫四郎としても、断わりきれなくなったのだ。

期限は、三日間。

用心棒として木元屋に詰めている時間は六ツ半から五ツ半、午後七時から九時までであった。宵の口にしか狙わない八州政への対策として、六ツ半から五ツ半までという時間を決めたのである。

あとは『月の家』で、好きなようにしていてもかまわない。

礼金は、三日間で五両の前渡し。

姫四郎は結局、引き受けたのであった。どうせ『月の家』に寄って、小紫と一夜を過ごすつもりでいたのである。それに前金でもらう五両によって、『月の家』に三日間の居続けができるのだった。

『月の家』に五両を払って、三日間の居続けを決めた。夜の二時間ほど抜けることになるが、もちろん小紫は『まわし』をとらずに、姫四郎に独占されるのであった。ところが、小紫が三日後には年季が明けるということだったのである。

三日間の符合――。

小紫の言うように、何かの因縁かもしれなかった。

因縁となるともう一つ、おもしろいことがあった。新町の西で一命を取りとめてやった与作という老人と、孫娘のお七のことである。与作は八州政の一味に短刀を投げつけられたことが原因で、もう少しで一命を落とすところだった。

その与作を救った姫四郎が、またしても八州政と関わり合いを持ったのだ。八州政を敵に回して、すぐに五人組のひとりをあの世へ送っている。木元屋の用心棒になったのも、八州政を相手に戦うためである。

そのうえ、小紫の顔を見てから気づいたことだが、お七という娘と実によく似ているのであった。遊女と堅気の娘とでは、感じがまるで違ってしまう。しかし、小紫とお七の目つきや、口もとの可憐さがそっくりなのである。

これもまた、何かの因縁なのだろうか。

「五ツ半になったら、すぐに戻ってくるんだろうね」

小紫が言った。

「当たりめえでさあ」

姫四郎は手甲脚絆をつけると、三度笠に道中合羽、それに長脇差を手にした。

「でもさ、そんな恰好で出て行くと、旅立つお前さんを見送るような気分にさせられるじゃないか」

「すぐに、戻って参りやすよ」

「わたしはこのままここで、お前さんの帰りを待っているからね。いろいろと考えたり、思い描いたりしたいことが、山ほどあるんだよ」

「何なら寝てても、ようござんすよ」

「気をつけておくれよ」

「外は冷え込んでおりやすね」

障子をあけて姫四郎は、廊下へ出たところで言った。

「身体(からだ)の心(しん)まで、凍らせて帰ってくればいい。わたしの燃えるような肌で、温めて上げるからさ」

職業的に媚(こ)びる顔で、小紫は廊下の姫四郎に笑いかけた。

「それには、及ばねえ」

不意に言葉遣いを一変させて、姫四郎は首を振った。

「それには及ばないって、どういうことなんだい」

小紫の顔から、笑いが消えた。

「この三日のあいだ、おめえさんとは兄と妹みてえに過ごすつもりだ」

「え……？」

「だから、床は二つにしてもらうぜ」

「わたしとは、肌を合わせる気がないってのかい」

「そういうことだ」

「そんな馬鹿な……。あと三日は、遊女のわたしなんだよ。金だけもらって客と枕を交わさないなんて、それじゃあ女郎の意地が立たないじゃないか」

「意気がるんじゃあねえ。三日たったら、遠い遠い山の向こうへ旅立つんだ。いまはせいぜい、身体を休めておくこった」

「何だって急に、そんな仏心を起こしたんだい」

「道楽だってことに、しておこうじゃあねえかい」

「お前さんの道楽……？」

「気まぐれかもしれねえ」

「いやでも十五年の地獄の暮らしは、間もなく終わるんだよ。いまさら、妙な情けをかけてもらいたくはないね」

「その十五年の地獄の暮らしの、最後の客にはなりたくねえのさ」

「本気なのかい」

「当たりめえよ」

「乙姫さん……」

「おめえさんが言った因縁ってやつを、一つ大事にしようじゃあねえかい」

「お前さんって人は……」

小紫は泣きそうになった顔をそむけて、長火鉢（ながひばち）のほうへ目を走らせた。長火鉢の鉄瓶（てつびん）と銅壺（どうこ）から、音もなく湯気が立ちのぼっている。小紫はその湯気を、ぼんやりと見守っていた。

「じゃあ、じきに戻ってくるぜ」

ニヤリとして、姫四郎は障子をしめた。

またしても、小紫とお七の印象が重なるのを、姫四郎は感じていた。いまは小紫は、情けをかけるという言葉を口にした。お七も確か、同じようなことを言っていた。

姫四郎に、情けをかけたつもりはない。だが、小紫やお七が情けと受け取る点でも一致するならば、それもまた何かの因縁に違いない。

自分としては何もかも、ただの道楽のつもりでいるのにと、廊下を歩きながら姫四郎は思った。

五

最初の晩は、何事もなかった。

二日の夜も、無事にすんだ。

三日目は、朝から雲が厚く、いまにも雨が落ちて来そうな天気だった。昼間のうちは寒くて、夜になると生暖くなった。姫四郎にとっては、今夜が最後のお勤めになる。いつものように六ツ半、午後七時には『月の家』を出なければならなかった。

この三日間、姫四郎は『月の家』の奥座敷で、小紫と二人だけで過ごした。何年ぶりかで、のんびりできた三日間であった。長旅の疲れもすっかり抜けたし、命の洗濯も十分すぎるほどだった。

それは小紫の場合も、同じと言えるだろう。三日間も遠慮や気がねなく遊んで過ごせたのは、この十五年間にただ一度のことであった。客も取らず、男へのサービスも強いられず、一つ寝床にひとりで横になり、熟睡できるのである。

姫四郎と小紫は三日間、手を触れ合うことすらなかったのだ。

小紫は顔色がよくなって、溌剌とした感じに一変していた。厚化粧を落としているし、すっかり堅気の女らしくなった。休養をとって元気になれば、越後への長い旅路にも耐えられるだろう。

小紫は今夜限りで、自由の身になる。明朝には越後から迎えにくる兄が、深谷に到着するという。挨拶回りをすませてから、十五年もいた深谷宿に別れを告げるのだった。旅立ちは、午後になるだろう。

「ゆっくりした道中さ。途中、伊香保の湯治場に寄って三日ばかり休んでから、三国峠へ向かうんだよ」

幼女のような顔になって、小紫はいかにも楽しそうであった。

「あっしは、一足先に旅立ちやすよ」

姫四郎は言った。

「出立は明朝の……」

「七つの早立ちでさあ」

「そんな早立ちをして、いったいどこへ行きなさるんだい」

「さあねえ」

「じゃあ、いまのうちに教えておこうかな」

「何を、教えてくれるんで……」

「この十五年のあいだ、ただのひとりの客にも教えなかったことがあるのさ。それを乙姫さんだけには、そっと教えていこうと思ってね」

「どんなことですかい」

「わたしの名だよ」

「小紫じゃあねえ名ですね」

「みんな、小紫という名のわたししか、知らないんだ。わたしのほんとうの名を、聞いている者はひとりもいないのさ」

「そうなんですかい」

「わたしの名は、お七というんだよ」

照れ臭そうな顔で、小紫が言った。

「お七さん……」

姫四郎は、クスッと笑った。

お七という名前は、珍しくなかった。むしろ、多すぎるくらいである。だから、あちこちにお七という名前の女がいることは、不思議でもない。姫四郎も決して、驚きはしなかった。

だが、与作の孫娘のお七と、小紫ことお七には奇妙に縁がある。またしてもという感じがするし、これこそ因縁だと思いたくなる。それが滑稽で愉快で、姫四郎は笑わずにはいられなかったのだ。

「ほんとうに、乙姫さんだけに教えたんだからね」

小紫ことお七は、真剣な顔つきに戻っていた。

「わかっておりやす」

姫四郎は、目で笑った。

「二度と会わないだろうけど、お七って名だけは忘れないでおくれね」

小紫が言った。

「へい」

姫四郎は右手首の数珠を、チリチリと鳴らした。

外へ出ると、生暖い風が顔にねばりついた。夜気がどんよりとしているように、重く感じられる。歩きながら姫四郎は、道中合羽を引き回した。『月の家』から木元屋まで、三百メートルほどの距離であった。

パラパラッと、雨が落ちて来た。

木元屋の表戸は、とっくにおろしてある。長い塀に囲まれた敷地内には、松の木が枝を広げ、白壁の土蔵が並んでいる。店の表に近い板塀のくぐり戸を叩いて、姫四郎は声をかける。

くぐり戸があく。姫四郎は、中へはいる。そこには若い衆が、五、六人も集まっている。いずれも木元屋の奉公人と、木元屋出入りの若い衆たちであった。だが、武器らしいものは、所持していなかった。

怪しい者が侵入して来たら、全員が大声を上げながら逃げ散ることになっているのだ。盗賊に刃向かうのは、姫四郎ただひとりと命じられている。姫四郎はそのための、用心棒なのである。

「親分さん……」

喜兵衛が万吉を伴って、姿を現わした。

「乙姫でござんすよ」

姫四郎は言った。

「乙姫さん、どうもご苦労さまでございます。お蔭さまで、何事もなくすみそうでございますな」

「へい」

「乙姫さんも、明朝はご出立でございましょう」

「そうさせて頂きやす」
「やれやれでございます。明朝早くに三つの千両箱は、熊ヶ谷宿へ運ばれることになっております」
「そうですかい」
「これで、お役ご免でございましてな、わたくしも万吉も明朝、高崎へ向けて出立することになりました」

喜兵衛は嬉しそうに、背後の手代を振り返った。

事実、今夜もまた事は起こらなかった。五ツ、午後八時をすぎた。雨が本降りとなったので、奉公人や若い衆たちは家の中へ引っ込んだ。火も軒下へ移して、そこに残ったのは姫四郎と喜兵衛だけになった。

襲ってくるだろうと、姫四郎はそのことをすでに予期していた。

その証拠に、誰もが油断している。喜兵衛さえも、無事にすむものと決め込んでいる。そうした気持ちにさせるのが、八州政のやり方なのだ。まさかと思わせておいて、急襲してくるのである。

雨が激しくなった。

宵の口だろうと、人々は家の外へ出なくなる。人家はすべて、窓や戸をしめてしまう。無人の宿場と化して、酒と女に暮れた深谷の色町も暗くなる。

条件は揃った。

必ず、八州政はやってくる。

「間もなく、五ツ半でございます。そろそろお引き取りを頂いても、よろしいのではないでしょうか」

地上で乱舞する雨足を見やりながら、喜兵衛が言った。

「そうでござんしょうかね」

姫四郎は激しい雨の中へ出ると、塀のくぐり戸に近づいた。

「何か……」

番傘(ばんがさ)を広げて、喜兵衛が追って来た。

姫四郎は素早く、くぐり戸を引きあけた。一気に、塀の外へ飛び出す。果たして路上に、黒い影が並んでいた。いずれも黒覆面(くろふくめん)に黒装束(しょうぞく)、盗賊の姿であった。

雨に打たれながら、黒い影は一斉に短刀を抜き放った。

反射的に姫四郎も、左手で長脇差を鞘走(さやばし)らせていた。左手で抜くのだから、もちろん逆手(さかて)である。雨がうるさく三度笠を叩き、濡れた道中合羽がたちまち重くなる。

　おやっと、姫四郎は思った。数えた黒い影が、五つだったからである。八州政は五人組だが、そのうちのひとりは三日前に死んでいる。それなのに、また五人になっているのだった。

「何か、ございましたか」

　くぐり戸から、喜兵衛が出て来た。

　制止する隙もなかった。黒い影のひとつが短刀を突き出して、喜兵衛にぶつかっていった。つぼめた番傘をかかえたまま、声も立てずに喜兵衛は地面に倒れた。

　姫四郎は、跳躍した。

　妨げようとする黒い影の喉のあたりを、姫四郎の逆手の長脇差が水平に断ち割った。その男を蹴倒しておいて、姫四郎は喜兵衛を刺した黒い影に飛びかかった。半身になった姫四郎の左手の長脇差が、塀に寄りかかった黒い影の胸に吸い込まれた。長脇差を抜き取ると、黒い影は塀に背中を滑らせて、地面にすわり込んだ。

「親分さん……」

　姫四郎の足もとで、喜兵衛が弱々しい声を出した。

「乙姫で……」

姫四郎は言った。

だが、喜兵衛はもう、口をきかなかった。絶命したのである。背後にいた黒い影の右腕が、雨の中に舞い上がった。姫四郎は長脇差を下から走らせていた。その黒い影が絶叫したのは、地上に転がって切断された自分の右腕を、目前に見てからであった。

残った二つの黒い影が、東のほうへ走り出した。逃げるつもりなのである。姫四郎は、追跡に移った。行く手に、人影が見えた。番傘をさした女で、番傘をもう一本かかえていた。

小紫であった。雨が激しくなったのでもう一本の番傘を用意して、木元屋にいるはずの姫四郎を迎えにやって来たのである。その小紫が、走ってくる二つの黒い影を見て、大声で悲鳴を上げた。

とたんに二つの黒い影が、左右から小紫に襲いかかった。三人は重なり合って、水溜まりの中へ転倒した。姫四郎が追いついたとき、二つの黒い影は起き上がろうとしていた。二人とも揃って、姫四郎を見上げる恰好になっていた。

姫四郎は往復させるように、逆手の長脇差を振るった。二つの黒い影はそれぞれ首の側面を切り裂かれて、大量の血を噴き出しながら倒れ込んだ。そのまま動かなくなった黒い影の一方の顔から、覆面がはがれてゆっくりと落ちた。

その老人の顔に見覚えがあったし、姫四郎はやはりそうだったのかという気がした。逃げ出したとき、この黒い影が右足を引きずっているのを見たからである。それは、与作の顔だったのだ。

姫四郎は長脇差の切先で、もう一方の黒い影の覆面をはぎ取った。覆面の下の顔は、すでにわかっていた。男にしては身体が小柄すぎるし、与作と行動をともにしていたのである。

思った通り、与作の孫娘お七の顔が現われた。

「おめえさんが、八州政だったんですかい」

姫四郎は、返事をするはずもない与作に、そう問いかけた。

「一味がひとり減ったんで、おめえさんがその穴を埋めたんでござんすね」

姫四郎は、お七の死に顔に目を転じた。

「おめえさんをあのまま、丹毒で死なせてしまったほうが、よかったのかもしれやせんね。どうやら、あっしの道楽がすぎたようで……」

姫四郎は長脇差で、与作の死骸が握っている短刀をはじき飛ばしていた。

「乙姫さん……」

背後で、小紫の声がした。小紫の顔で、小降りになった雨が躍っている。胸と腹が、血で真っ赤に染まっていた。目もあけられないし、唇もほとんど動かない。早くも、死相が現われていた。

「わたしはいま、遠い遠い山の向こうへ旅をしているんだねえ」

息と変わらない声で、小紫が言った。

「へい」

姫四郎は、小紫に向けて両手を合わせていた。

「乙姫さん、お七って名を忘れないでいておくれ」

「忘れられっこねえでしょう」

「ところで、乙姫さんはこれから、どこに行きなさるんだい」

「流れ旅でさ」

「遠い遠い山の向こうへは、行かないのかい」

「へい」

姫四郎は、立ち上がった。小紫が絶息したのを、確かめたからである。姫四郎は雨の中を、東へ向かって歩き出した。姫四郎は足を早めて、間もなく深谷宿を抜けた。

情けだと、二人のお七は言った。だが、情けなんかではない。自分がやったことは、ただの道楽だったのだ。死ぬも生きるも大して変わりはないと、姫四郎は自嘲的に笑い、歩きながら落ちてくる雨を大きくあけた口で受け止めた。

因に、フェールライゼンが丹毒菌を発見したのはこれより三十三年後の一八八三年のことであり、更に遅れてイギリスの医師リスターが、丹毒に有効な石炭酸による消毒法を案出したのであった。

風が慕（した）った浦和宿

一

中仙道の浦和の西に、針ヶ谷というところがある。

その針ヶ谷の氷川神社の境内で、四十になる男が殺された。ただの殺されようではなく、惨殺であった。全身十カ所ほどを斬ったり刺したりで、男は赤い水を浴びたように血まみれになって死んでいた。

男は、浦和の住人であった。

五兵衛という。

五兵衛は浦和宿で、穀物問屋を営んでいた。小松屋という穀物問屋で、浦和あたりでは目立って大きな商家であった。女房と子どものほかに、十人からの奉公人がいる。五兵衛は、小松屋の旦那さまだったのだ。

小松屋五兵衛が殺されるという事件が知れ渡ると、浦和中がもう大騒ぎになった。浦和宿の人々は仕事も手につかなかったし、寄るとさわるとその噂でもちきりだった。大騒ぎになった理由は、二つある。

ひとつは、五兵衛が浦和の名士だったからであった。

もうひとつは『仏の小松屋さん』と言われるほど、五兵衛が仁徳の精神の持ち主であったためである。仏のような五兵衛が惨殺されるとは、人々にとって信じられないことだったのだ。

「小松屋の旦那ほど、評判のいいお人はいなかった」

「貧しい者がほんの少々、雑穀を買い求めにいけば、小松屋の旦那さまはタダでお米を付けて下すった」

「銭がないので払いは二、三日待ってくれとお頼みすると、あるとき払いでかまいませんよって言って下さる」

「商売っ気は抜きにして、親切にしてくれたもんねえ」

「食べるものがなければ、人は生きていけない。その食べものを扱う商売なんだから、銭勘定（ぜにかんじょう）は二の次にしなければいけない。小松屋の旦那はいつも、そのようにおっしゃっておいでだった」

「とにかく、あの旦那の怒った顔を見たことがない」

「そうだったなあ」

「いつも、やさしい顔でニコニコと笑っておいでだったよ」

「あの旦那が、人から恨（うら）みを買うなんて、話だけでも馬鹿らしい」

「小松屋の旦那が、恨まれたり憎まれたりで命を奪われるなら、この世の人は残らず殺されなければならないよ」

「そのとおりだ」

「もし、小松屋の旦那が誰かに憎まれていたという話がまかり通るんだとしたら、夏の盛りに赤い雪が降るし、お天道さまが西から昇るだろうよ」

「恨まれたり憎まれたりで、殺されたんじゃあない。ほかに何か事情があってのことだよ」

「どんな事情だろうね」

「懐中物を、狙われたんだろうか」

「追剝とか盗賊とかが、金欲しさに旦那を殺したのかね」

「それが、あんなに惨い殺し方をするだろうか」

「寄ってたかって、なぶり殺しにしたみたいだという話だよ。相手は、ひとりや二人じゃあなかったんだろう」

「大勢で襲いかかって奪い取るほどの大金を、持ち合わせておいでだったのかね」

「いやあ、そんなはずはない。こんなことを言っては何だけど、商売っ気抜きの商売を続けていた小松屋さんだけに、見かけとは大違いで内情は火の車だったというからねえ、正直な話、旦那さまはお金に困っておいでだったたんだ」

「情け深い人に、金持ちはいないよ」

「それに夜遅く、どうして旦那は針ヶ谷の氷川神社なんぞを、通りかかったりなすったんだろう」

噂のとおり、ソロバン抜きの商売が常態となっていた小松屋は、大きな商家というのも外見だけで、経済的にはすっかり追いつめられていた。その苦しさを何とか切り抜けて、という毎日だったのである。

その日、五兵衛は夕方になって家を出ている。ちょいと出かけて来ますよと言っただけで、家人には行く先を告げなかった。所持金は一両もなかったはずだと、五兵衛の女房が証言している。

針ヶ谷とか、その西の大宮とかには、気軽に会いに行くような知り合いもいなかった。五兵衛がどこへ、何をしにいったのかは、未だに不明である。その五兵衛がなぜ、針ヶ谷の氷川神社の境内で惨殺されたのか。

死体が発見されたのは、翌朝になってからだった。五兵衛が殺されたのは前夜の四ツ半、午後十一時頃ではなかったかと思われる。四ツ半というと、人間が屋外にいるような時刻ではなかった。

ましてや、自分の住まいから遠く離れた神社の境内で、うろうろしていられるはずがないのである。五兵衛はどこかからの帰り道に、たまたま氷川神社の近くを通りかかったのだろう。

そして襲撃者に神社の境内へ連れ込まれ、問答無用で命を奪われたのに違いない。怨恨による惨殺とは、絶対に考えられなかった。また、強奪されるほどの大金も、持ち合わせてはいなかったのである。

浦和の宿民たちが、ドラマチックな事件として騒ぎ立てるのも、無理はなかった。非常に謎めいた死であり、人望家の五兵衛が惨殺されたということにも割切れないものが感じられる。

そのうえ、小松屋五兵衛は浦和における名士だったのだ。

宿場の最高の名士というのは、問屋役である。また、本陣職でもあった。問屋役は宿役人の長であり、本陣職は本陣の提供者だった。いずれも名誉職だが、由緒ある家柄でその土地の大地主や、付近の村の名主を兼ねていることが多かった。

浦和宿の場合も、小松孫兵衛という問屋役は近辺の土地や山林の所有者であり、また本陣職をも兼ねていた。苗字帯刀を許されている身分なので、小松孫兵衛と名乗っていた。小松家は、この土地いちばんの名家であった。

その小松孫兵衛の弟が、小松屋五兵衛だったのである。兄と弟は本家と分家の違いから、その生活ぶりには大きな差が生じている。本陣は特に世襲制だから、弟には無縁の存在だった。

兄の小松孫兵衛は山林や土地の所有者となり、問屋役と本陣職を兼ねて名字帯刀も許されている。

弟のほうは家名を小松屋という屋号にして、穀物問屋を営んでいる。一介の商人であり、名誉職も与えられてはいない。

しかし、小松孫兵衛の弟ということで、小松屋五兵衛も浦和の名士のひとりには違いなかった。小松家という名家の出で、問屋役でもある本陣の旦那の弟ともなれば、当然、浦和宿では実力者のうちに数えられる。

それだけに、騒ぎも大きくなったわけである。

だが、騒ぎはそれだけに終わらず、更に不可解な出来事が起こったのだった。

小松屋五兵衛が惨殺されて二、三日後に、妙な噂が浦和とその近辺にパッと広がったのであった。

小松孫兵衛の娘の志乃(しの)が、何とも奇妙な病気にかかったというのである。

「奇妙な病(やまい)って、いったいどんな具合なんだろう」

「それが、さっぱりわからない」

「寝込んだまま、起き上がる元気もないそうだ」

「それでいて、熱もなければ痛むところもないというんだからねえ」

「ただ青い顔をして、寝ているだけなのかね」

「まるで腑抜(ふぬ)けみたいに、ぼんやりしていて、口もきかないそうだよ。話しかけたって、どうしたのかと問いかけたって、首を振るだけで一言も答えない」

「食べたり飲んだりは、どうなんだろうねえ」

「それも、まったく駄目らしい」

「じゃあ、飲まず食わずか」

「この二、三日で、たちまち痩(や)せ細ってしまったという話だよ」

「何日もそのままにしておいたら、骨と皮だけになって死んでしまうだろう」

「そういうことになる」

「医者の見立ては、どんなふうなんだね」

「浦和の医者、大宮から呼んだ医者、いずれもサジを投げたってことだ。どこがどう悪いのか、見当もつかないそうでね」

「昨日、江戸へ使いの者を、走らせたという話だ。江戸で名医と評判の高い先生を、招くことにしたんだよ」

「御本陣の旦那さまが金を積んでの頼みなら、江戸で評判の大先生だろうと来て下さるさ」

「江戸からそうした大先生が来て下さるんなら、何とかなるんじゃあないのかい」

「そうなってくれれば、いいんだが……」

「御本陣のお嬢さまにもしものことがあったら、小松屋の旦那が殺されたことと併わせて、ますます騒ぎが大きくなる」

「志乃さまは、まだお若いんだし……」

「何かこう、呪(のろ)われているというか、不吉なことばかり起こる。小松屋の旦那が殺されて、今度は御本陣のお嬢さまが奇妙な病にかかる。小松家かこの浦和宿かに、何か祟(たた)りでもあるんだろうか」

「これ、滅多なことを口にするな」

　こうした浦和宿の人々の不安を裏付けるように、続いて第三の事件が起こったのであった。

本陣に盗人が、忍び込んだのである。

明け方、一枚の雨戸がはずれているのに、奉公人が気づいた。それで、盗人が忍び入ったらしいという騒ぎになったのだ。しかし、ひどく荒らされているところも無かったし、何が盗まれたのか簡単にはわからなかった。

現金は、一文も盗まれていない。貴重品も紛失していなかった。何も盗まれてはいないと、家人たちは首をひねった。そのうちに、孫兵衛が殺されそうな叫び声を上げた。念のために調べてみると、『凮』が無くなっていたのである。

『凮』とは、茶碗であった。わざわざ『凮』などと名がついているくらいだから、もちろんただの茶碗ではない。

陶器としても名器であり、値打ちものであった。そのうえ、『凮』は真田幸教からの下されものだったのだ。真田幸教は信州の松代十万石の大名である。参勤交代の往復、中仙道を通ることになる。

浦和の本陣に宿泊するのが、例のことになっていた。十年ほど前、真田幸教は浦和の本陣で病気になったことがある。高熱を発したのであった。そのために、真田幸教は浦和の本陣に三日ばかり滞在しなければならなかった。

その間、孫兵衛の女房の千代と娘の志乃が、一睡もしないで看病に尽くした。

三日間に及ぶ母娘の手厚い看護ぶりに真田幸教は、ことのほか喜んだ。

全快した真田幸教は感謝のしるしとして、愛用の茶碗『風』を孫兵衛に贈った。毎日『風』で真田幸教は、一服することにしていた。それで参勤交代の旅行中も、真田幸教は『風』を手放さずに置いたのだった。

「この茶碗を余の心と思い、妻女と娘の手によって大切に保管せよ」

真田幸教は孫兵衛、千代、志乃の三人にそう言葉を賜(たま)わった。以来『風』は、小松家の家宝となったのである。真田幸教は参勤交代の行き帰り、浦和の本陣に泊まると、必ず『風』を見たがった。

孫兵衛が『風』で茶を立てて、真田幸教に供するのであった。真田幸教はうまそうに茶をいただき、しみじみと『風』を眺める。まるで自分の心と対面するようであり、そのときの真田幸教の顔にはこぼれそうな満足の色が窺(うかが)えた。

孫兵衛の女房の千代は、三年前に病死した。その後は娘の志乃が、『風』のお守(も)り役を務めていた。小松家にとって、これ以上の家宝はなかったのである。それが、盗まれてしまったのだ。

孫兵衛が血相を変え、家人たちが顔色を失うのは当然であった。参勤交代は、毎年四月に行われる。四月に上京して、一年を江戸で過ごす。翌年の四月に、国(くに)

許に帰る。それが、大名の参勤交代だった。

いまは、冬の季節である。あと数カ月もすると来年の四月ということになる。現在、真田幸教は江戸にいる。来年の四月になると真田幸教の大名行列は江戸を出発して信州に向かう。

そのとき、一行は浦和の本陣に泊まる。そして真田幸教は、『凬』と対面するのであった。『凬』を見たいと望まれて、ありませんでは済まされない。盗まれたという弁解も通用しなかった。

真田幸教は『凬』を、自分の顔のようによく知っている。『凬』のニセモノを用意しても、一目で見破られてしまうだろう。たとえ、もらったものでも、好き勝手にしていいはずはなかった。

大名からの下されものを紛失したり、破壊したりすれば責任をとらなければならない。大名そのものを、粗末にしたということになるのだ。場合によっては、死んでお詫びをしなければならなかった。

二

　江戸から、名医が到着した。村上宗和（そうわ）という医者である。年齢は、五十を過ぎたばかりだった。江戸の町医者としてはいちばんの名医というだけあって、供の者を三人も連れていた。

　志乃の奇妙な病気を治すには、何日かかるかわからない。それまで村上宗和の一行は浦和の小松家に滞在を続ける。江戸での収入が途絶えることになるので、そのぶんも補償しなければならない。

　また評判の名医を浦和まで招いたので、相応の謝礼をすることにもなる。小松孫兵衛は、数百両の謝礼を用意したという話であった。

　だが、志乃という病人は、村上宗和の手にも負えなかったのである。

　村上宗和が何を尋（たず）ねても志乃は首を振るだけであった。食欲を増進させる薬を飲ませたが、志乃は相変わらず何も食べなかった。流動物を、口にする程度であった。痩（や）せる一方であり、このままでは死を待つばかりである。村上宗和は、頭をかかえる結果となった。

どうすることもできない。どうにもならない。孫兵衛ともども、江戸の名医も溜め息をつくほかはなかったのだ。

そんなとき、奉公人のひとりが、変わった情報を仕入れて来た。

「扇屋(おうぎや)の文七(ぶんしち)親分のところに、草鞋(わらじ)を脱いだ旅の渡世人がおります」

奉公人は、まずそう言った。

「それがどうしました」

孫兵衛は、ひどく不機嫌であった。

「年の頃は二十七、八でございますが、渡世人としてはなかなかの貫禄だそうで……」

「旅の渡世人の話など、聞いたところで何もなりません」

「いいえ旦那さま、この渡世人が医術の心得があるということで評判のお人なんでございます」

「医術の心得がある渡世人とは、ずいぶんとまた変わっておりますね」

「はい。乙井(おとい)の姫四郎(ひめしろう)というお人で、通称が乙姫(おとひめ)だそうでございます」

「乙姫さん……」

「父親がかつて、関八州随一の名医と評判をとったという話でございます」

「その名医の姓名は……」

「内藤了甫とか、耳にいたしました」

「内藤了甫……？」

孫兵衛は村上宗和を振り返った。

「内藤了甫先生の御子息か」

村上宗和が膝を乗り出した。

「先生もご存じでございますか」

孫兵衛が、村上宗和に念を押した。

「存じております。関東の医者であって、内藤了甫先生を知らぬものはおりますまい」

「それほど、高名な先生だったのでございますか」

「天下一の名医であった」

「しかし、そのような先生の御子息が、渡世人とはどういうことなのでございましょう」

「詳しい話はわしも存じていない。だが、聞いた話によると、たいそう変わった御仁だそうな」

「どう変わっておいでなので……」

「右手では人の命を救い、左手によっては人の命を断つ。そのようにはっきりと、割り切っているそうじゃ。そのために右手には数珠(じゅず)を巻き、左手によってのみ長脇差を抜くという」

「ほう」

「しかも、人間にとって、生も死も変わらぬもの、という考えの持ち主らしい。人を活かすも殺すも道楽のうちと、広言していると聞く」

「それで、その乙姫さんとやらの医術の腕はどんなものでございましょう」

「そこまでは、わかりかねる。しかし、おそらく噂や評判のとおりなのではあるまいか、内藤了甫先生の御子息であれば……」

「いかがなものでございましょう。その乙姫さんに、お見立てをお願いするということは……」

「思いつきとしては、悪くない」

「では、お許しがいただけますか」

「わしの誇りとか意地とかにこだわる必要はない。病人のためになることなら、如何(いか)ようにもするがよい」

村上宗和は、鷹揚に笑って見せた。

村上宗和も手の下しようがなくて、困惑し切っていたのである。

「ありがとうございます。では、さっそくにも乙姫さんに、お立ち寄り願うことに致しましょう」

孫兵衛は、ホッとした顔付きになっていた。わらを摑みたい、という心境だったのだ。駄目でもともとと思いながら、孫兵衛は扇屋の文七親分のところへ使いを走らせた。

翌日、ひとりの渡世人が浦和の本陣を訪れた。本陣を渡世人が訪れるというのは、前例のないことであった。各宿場には、必ず本陣がある。

本陣は公的な旅館であって、利用者の身分に制限がある。本陣に泊まることができるのは勅使、院使、宮、門跡、公卿、大名、大名の家老や女房衆、外国使臣、それに公用の旗本に限られていた。

本陣の大きさは広くて千坪足らず、最小となると五十坪というのもあった。本陣には表門がある。これは貴人宿泊の格式を示す門構えで、ほかの人家には許されていないものであった。

本陣の建物は、三つの部分に分けられている。そのうちのひとつは貴人が使う部屋であり、もうひとつは板の間の部分である。この板の間には、大名行列の荷物を運び込む。残りの部分は、本陣家族の住まいだった。

本陣の利用者は大名が主であった。

東海道を通行する大名、一四七家。

中仙道を通行する大名、三〇家。

日光街道を通行する大名、四家。

奥州街道を通行する大名、三七家。

甲州街道を通行する大名、三家。

水戸街道を通行する大名、二三家。

このように各街道を通行する大名行列が、途中の宿場の本陣を利用するのであった。

浦和は、現在の浦和市とは比較にならない、小さな宿場だった。人家の数が三百戸足らず、人口が千三百人足らずという規模である。宿屋は十五軒、本陣は一、脇本陣は三となっている。いずれにしても、渡世人などには縁のない本陣であった。

乙井の姫四郎はその別世界である本陣を、訪れたのである。

本陣家族が住んでいる部分は、建物の西側にあった。中庭の向こうに、書院と上段の間が見えていた。庭に樹木はなく、庭石は殆ど置かれていなかった。樹木や庭石は、侵入者が身を隠すのに便利だからである。

奥庭に面した小座敷が、志乃の病室に使われていた。志乃は、十九であった。すでに、婚期を逸しかけている。現在、まとまりそうな縁談もない。

嫁に行く可能性は、当分ないということになる。美しいのに陰気な感じのする娘であるのも、そうしたことが原因になっているのかもしれない。

村上宗和と挨拶を交わしたあと、姫四郎は志乃の診察に取りかかった。熱もないし、脈も正常である。顔色や舌の色にも、異状は認められなかった。

「痛むところは、ねえんですかい」

姫四郎は、ニヤリとしながら聞いた。

「いいえ……」

志乃は、弱々しく首を振った。

「まったく、どこも痛まねえんでござんすかね」

「はい」

「どうも、妙な話でござんすね」

「そうでしょうか」

「病には必ず、その因ってものがなけりゃあなりやせん」

「はい」

「ところが、お嬢さんの身体には、病の因ってものが見当たらねえんでございやすよ」

「そうですか」

「病の因が誰よりもよくわかっているのは、当の病人ってことになりやす。だから、お嬢さんには何か心当たりがなけりゃあならねえ」

「はい」

「だが、思い当たることは何もねえと言いなさる」

「ほんとうに、思い当たることがありません」

「どうして、何も食べねえんですかい」

「食べたくないからです」

「食べたくねえからって、このまま死んじまってもいいんですかい」

「死ぬようなことになれば、それはそれで仕方がないと思っています」

「無理してでも、食べようって気にはならねえんですかい」

「どうにも、食べられないのです」

「口の中へ、押し込んだらどんなもんでござんしょうね」

「喉を通らないので吐いてしまいます」

「弱りやしたね」

笑いながら姫四郎は、自分の頭を軽く叩くようにした。

「申し訳ないと思っております」

志乃はニコリともしなかった。表情がいかにも暗い。目が死んでいた。もちろん、仮病ではない。どこかが、悪いのである。姫四郎は病室を出た。別の部屋で村上宗和と孫兵衛が待っていた。

「お見立てはどのようになりましょうか」

孫兵衛が訊ねた。

「いかがですかな」

続いて、村上宗和が質問した。二人の目には期待の色があった。姫四郎が笑っているので、病気の原因が明らかになったと受け取ったに違いない。

「心の病、というやつでござんしょう」

姫四郎は坐って村上宗和と孫兵衛に笑いかけた。

「心の病……」

孫兵衛が眉をひそめた。

「なるほど、そういうことか」

村上宗和が深々とうなずいた。

「村上先生が、そうと気づかれなかったのは合点がまいりやせんね」

姫四郎は言った。

「いや、面目ない。わしにとっては、心の病といったものが何より苦手でござってな」

村上宗和は、苦笑した。

「江戸一番の先生が、随分と弱気なことをおっしゃいますね」

姫四郎は、悪戯っぽくニヤリとした。

「もともとわしは瘍医であって、瘍科が専門なのだ」

弁解がましく、村上宗和は言った。瘍科とは、外科のことである。

「心の病にも、それなりの因というものがございましょう」

孫兵衛が姫四郎の顔へすがるような目を向けた。

「そういうことになりやす」

姫四郎は、口許から笑いを消した。

「娘の心の病というのは……」

「いまのところは見当のつけようもござんせん。本人が胸の内を明かさねえかぎり、心の中の覗きようがござんせんからね」

「娘は、何かを隠しているのでしょうか」

「何か、あるんでござんしょうね。それを言いたくねえのか、口にできねえかのいずれかでござんすよ」

「いったい、何があったのでございましょう。娘の身には何ひとつ、変わったことが起きていないのでございます」

「これまでとまるで変わらない毎日を過ごしていらしたお嬢さんが、いきなり心の病に取り憑かれた。そうしたことは、万が一にもござんせん。何かが起こらなけりゃ、心の病にはかかりやせんからね」

「娘は出かけることもございませんし、同じ家の者たちとしか顔を合わせておりません。したがって、変わったことが起こりようもなく、また話に聞いたりすることもないのでございます」

「娘さんにありがちなのは、密かに男のことを思っての心の病なんでござんすがね」

「そうなると、まったく考えられませんな」

「お嬢さんには、思いを寄せる相手がいないってわけですかい」

「男女が席を同じゅうするようなことも、本陣の娘にはございません。娘が言葉を交わす男となれば、それはもうこの家に出入りする者たちに限られております」

「失礼なことをお尋ね致しやすが、お嬢さんには許婚といったものが……」

「三年前までは、許婚がおりました。ではございますが、三年前に話は立ち消えになり、娘も諦めたはずでございます」

回想する目付きになって、孫兵衛がそう言った。

「その話を詳しく聞かせてやっておくんなはい」

姫四郎の右手首に巻いてある数珠が、風鈴のように音を立てた。大玉ばかり五十四個の一連の数珠であった。

三

小松孫兵衛には、娘が二人いた。長女が志乃であり、次女は奈可という。志乃と奈可はふたつ違いであった。当然小松家としては婿を迎えなければならない。

この時代には、許婚という関係が少なくなかった。娘の多くは、幼ないうちから婚約者が決まっていた。親同士の話合いで婚約を決めるのである。志乃の場合もその例に洩れなかった。

熊ヶ谷宿に、武州屋という小間物問屋がある。その武州屋の主人と孫兵衛には、古くからの付き合いがあった。その武州屋の次男新三郎と志乃は、親同士が決めた許婚の間柄にあった。

新三郎が小松家へ婿入りすると、十年前から話がまとまっていたのである。新三郎と志乃は、婚約者同士として何度か会ったことがある。互いに好感を抱いていたし、やがては夫婦になるのだと思い込んでいた男女だったのだ。

だが、三年前になって、事情が急変した。まず、新三郎の兄が病死した。次男の新三郎が武州屋の跡取りになる。他家へ婿入りすることは不可能になったのだ。

志乃が武州屋へ嫁入りしては、という話し合いも持たれた。

しかし、孫兵衛の女房の千代も病死するということがあって、話は進展しなかった。真田幸教から拝領した茶碗『凮』の問題があったのだ。

真田幸教には、千代と志乃とで『凮』を守るようにと言われている。ふたりのうち千代が死んだ。残った志乃が、『凮』の守り役を務めなければならない。『凮』を持参して、武州屋に嫁ぐというわけにはいかないのである。新三郎と志乃の婚約は完全に解消されるという結果になった。それから、三年が過ぎている。

志乃は本陣の娘として、いまだに『凮』とともに小松家にいる。適当な相手がいれば婿に迎えるということにもなるだろうが、目下のところ候補者はいなかった。

妹の奈可が、先に婿を取ることになった。来年には、奈可が祝言を挙げることも決まっている。そうなれば、小松家に跡取りができる。志乃は、他家へ嫁ぐということも可能であった。

しかし、『凮』のこともあるし、結婚しなければならないという責任からも解放されても、志乃は縁談に無関心であった。積極的に話を持ち込むものもいないし、孫兵衛もまた志乃の結婚に熱心だとはいえなかった。

以上のような事情だから志乃が、恋の病などに陥ることなどあり得ないと、孫兵衛は断言するのである。武州屋の新三郎を除けば、志乃の心に残るような男はほかにいなかった。

新三郎を忘れることができないのだとしたら、もっと前に恋の病にかからなければならない。三年もたってから、突如として胸の思いに耐えられなくなるというのは、確かにおかしな話であった。

「まったく災難続きでございまして、このままでは首でもくくらなければなりません」

急に白髪が多くなったと言いたげに、孫兵衛は頭に手をやった。

「災難続きと申しやすと……」

姫四郎は中庭に視線を投げかけた。頼りなく明るい冬の日射しが、中庭に落ちていた。

「最初に、弟が殺されました。次に、娘がわけのわからない病人になりました。そして、お茶碗を盗まれたのでございます」

孫兵衛は、溜め息をついた。まさに、青息吐息である。

「どうやら、その災難続きというのに、何かが匂うようでござんすね」

そう言って、姫四郎はニッと笑った。

「と申されますと……？」

孫兵衛が顔を上げた。

「たまたま三つの災難が、続いて起こったというわけじゃあねえでしょう」

「えっ……」

「三つの災難には、つながりがあるような気が致しやす」

「そんな……」

「旦那の弟さんてえのは、小松屋五兵衛さんでござんしょ」

「はい」

「小松屋五兵衛さんってお人が針ヶ谷の氷川神社の境内で、惨い殺され方をしたって話は、あっしも耳にしておりやす。なぜ誰に殺されたか、さっぱりわからねえってことだそうで……」

「そのとおりでございます」

「お嬢さんの病ってのも、さっぱりわけがわからねえ」

「はい」

「そして、茶碗が盗まれたってことも、まったく不思議な話じゃあねえですかい」

「はい」

「つまり、何がなんだかさっぱりわからねえことが、三度も続いて起こったんでさあ。そうなりゃ、三つの出来事につながりがあると、考えるほかはねえでしょう」

「なるほど……」

「三つの出来事の中でも、いちばんわからねえのは、茶碗が盗まれたってことでござんすよ。お大名からの下されもの、名のある名器とはいうものの、売れば大金が手に入るってえ品物じゃあねえでしょう」

「はい。高く売れるどころか、買手もつかないはずでございます」

「盗人（ぬすっと）が、一文にもならねえものを、盗み出すはずはござんせん。それなのに小判一枚に手をつけることもなく、茶碗だけ盗み出したってのは、いってえどういうことなんでござんしょう」

「その点は、わたくしも不思議でなりません。この家にそうしたお茶碗があるということも、世間には知られていないはずなのでございます。承知しているのはこの家のものと、親類縁者に限られていると申してもよいでしょう」

「盗人は、外から忍び込んだんじゃあありやせんね」

「何を申されます」

「盗み出したんじゃあなくて、持ち出したのに違いありやせん。それに、そのことはお嬢さんの病気や、五兵衛さん殺しにも、深いかかわりがあるんでござんすよ」

「とても、信じられません」

孫兵衛は、青い顔になっていた。

「針ヶ谷へ、行って参りやす」

ニヤリとして、姫四郎は立ち上がった。

四

日中は参詣人が少なくない氷川神社で、鳥居へ通ずる道の脇に掛け茶屋が十軒もあるくらいだった。毎日が祭礼の日のように賑わうわけではないが、十軒の掛け茶屋が商売として成り立つ程度の参詣人はいるのである。

祭礼のときには、もちろん大変な賑わいとなる。近郷近在から人々が押しかけて、盛大に神事が取り行われる。茶屋ももっと増えるし、大道商人が店を広げることにもなる。

この針ヶ谷の氷川神社は、正しくは一ノ宮氷川大明神という。一ノ宮というのは、一国の首位にある神社の称である。つまり、この氷川神社は武蔵国における首位の神社、ということになる。

たとえば、その国の首位にある神社、すなわち一ノ宮は——。

相模国（神奈川県）では、寒川神社。

下野国（栃木県）では、二荒山神社。

摂津国（大阪府と兵庫県の一部）では、住吉神社。

駿河国（静岡県）では、浅間神社。

越後国（新潟県）では、弥彦神社。

出雲国（島根県）では、出雲大社。

肥後国（熊本県）では、阿蘇神社。

このように一国につき、必ず一ノ宮があった。但馬国（兵庫県）のように、一ノ宮が二社も存在するという例がある。要するに、等級をつければその国の最上位となる神社が一ノ宮であり、それに並ぶ重要な神社として総社があった。

武蔵国（東京都・埼玉県と神奈川県の一部）の一ノ宮は、この大宮在の氷川神社だったのである。現在では東京赤坂の氷川神社が有名だが、本元は大宮市の氷川神社ということになる。

当時は社領が三百石で、例祭は六月十五日だった。武州に二百社はあるという氷川神社は、すべて大宮の氷川神社から勧請されたものであった。本家本元が多くの参詣人を集めているのは、当然のことだったのである。

しかし、その氷川神社も夕方になれば、たちまち人気のないところに一変する。夜は無人の世界であり、厚い闇に包まれた森と変わらなくなる。その境内は、人殺しの場所として絶好であった。

小松屋五兵衛は夜更けに、この氷川神社の近くを通りかかった。そして何者かに境内へ連れ込まれ、惨殺されたのであった。まずはどうして、夜更けに氷川神社の近くを通行しなければならなかったのかを、知ることである。

乙井の姫四郎は、鳥居の前の掛け茶屋の一軒にはいった。その茶屋で働いているのは、白髪の老婆ひとりだけであった。老婆であれば当然、古くからこの地で営業を続けているはずだった。

それに男や若い女だと、警戒して多くを語りたがらない。そこへいくと老婆にはよく言えば大胆さ、悪く言えば厚かましさがある。何でも平気で喋るし、そのうえ話好きが多かった。

旅馴れている人間の知恵からそう判断して、姫四郎はその掛け茶屋を選んだのであった。ほかに客はなく、老婆は大きな声で姫四郎を迎えた。白髪だし、腰も直角に曲がっている老婆だが、ひどく威勢がよかった。

「もうそろそろ、店じまいですかい」

甘酒を注文してから、姫四郎は染まりかけている西の空を見やった。

「いやあ、まだまだでごぜえますよ。おらは、日が沈むまで、店をしめねえことにしておりますだ」

老婆が、力強い声で答えた。

「だったら、婆さんのところの店じまいが、いちばんあとになるってことですね」

「そういうことですだ」

「年はとっても、稼ぎは一人前ってわけですかい」

「なあに、おらのほうが当たり前で、日のあるうちに店じまいをする連中こそ変わっているんでごぜえますよ」

「変わっているんですかい」

「怠け者（なまもの）ってことですだ。近頃の若い者は、骨惜しみをすることしか頭にねえ。

稼ぐことよりも、早く店じまいをするってことに、気をとられておりますだ」

甘酒を運んで来て、老婆はケラケラと笑った。

「なるほどねえ」

姫四郎も、ニヤリとした。これだけのやりとりで、もう打ち解けた雰囲気になっていた。老婆も話し込むつもりで、姫四郎のそばを離れようとはしなかった。

「旅人(たびにん)さんは、どっちからおいでなすったんでごぜえます」

老婆が訊(き)いた。

「浦和から参りやした」

姫四郎は、甘酒に口をつけた。

「だったら今夜は、大宮の親分さんのところに、草鞋(わらじ)をぬぐってわけで……」

「いや、浦和へ引っ返すことになっております」

「そいつはまた、変わった旅人さんでごぜえますね」

「実は、浦和の小松孫兵衛さんに、頼まれたことがござんしてねえ」

「浦和の御本陣の……」

「へい」

「それで、この氷川神社へ来なすったんでごぜえますか」

「へい。ちょいとようすを見に、やって参りやした」

「すると、小松屋五兵衛さんが殺されたことで、何かわからねえか探ってくんろと、頼まれなすったんでごぜえますね」

老婆は、眉をひそめていた。

「まあ、そんなところで……」

姫四郎は、老婆の顔を見守った。

「まったく、えらい災難でごぜえましたねえ」

「婆さんは小松屋の旦那を、知っていなさるんですかい」

「小松屋五兵衛って名は、何度も耳にしておりましただ。だけんど、お目にかかったことは一度もねえ」

「小松孫兵衛さんは、どうでござんしょうね」

「御本陣の旦那さまとなると、なおさらのことで、お見かけする機会ってものがねえですよ。御本陣のお嬢さんなら、何度かお見かけしておりますがね」

「志乃さんを何度か見かけたって、その場所はどこだったんですかい」

「氷川神社へお参りに、おいでなすったときのことでごぜえますだ。もう四年も前のことになりますが、浦和の御本陣のお嬢さまがおいでになったと聞いて、おらも三度ばかり境内まで見にいきましただ」

「お嬢さんはひとりで、お参りに来なすったんですかい」

「とんでもねえ、ひとりで出歩くようなお嬢さまじゃねえですだ。三度とも、男衆と連れ立ってお見えになったんでごぜえますよ。ほかに、丁稚小僧みてえな奉公人がお供をしてねえ」

「その男衆ってのは……」

「お嬢さまの許婚だそうで、何でも熊ヶ谷から来たお人だって、そのときの話に聞かされましただ」

「そうですかい」

「お参りをすませたあと、お嬢さまと熊ヶ谷のお人はいつも、境内の神楽殿のところで話し込んでおいででしただ。まあ、許婚同士なんだから仲がいいのは当たり前だろうが、とっても楽しそうなお二人さんだって、冷やかし半分の噂にもなっていたようでごぜえます」

赤い口の中を見せて、老婆は嬉しそうに笑った。

「四年前のこととはいえ、うらやましいような話でござんすねえ」

姫四郎も調子を合わせて、下品な笑い方をした。だが、姫四郎の胸のうちには、四年前の話ではどうしようもない、という本音があった。

四年前にはまだ、許婚同士の志乃と新三郎だったのである。熊ヶ谷の武州屋の次男新三郎は、一年に三度ぐらい浦和へ出向いて来たのだろう。江戸へ用があっての旅の途中に立ち寄ったり、大宮のあたりまで来たので浦和まで足をのばしたりと、年に三度ほどの機会があったのに違いない。

熊ヶ谷と浦和なら距離は十里、途中一泊の旅なら充分すぎるくらいだし、無理をすれば一日で行きつける。滅多に外出や旅をすることを許されない当時だろうと、婚約者に会うチャンスが年に三度あったとしても、おかしくはない十里の距離だった。

新三郎は、浦和の小松家に一、二泊する。しかし、婚約者同士が二人きりになれるということは、まずなかったはずである。家の中にいる限り、二人は私語も交わせない。そこで、親のほうが気を利かせて、二人を外へ出してやる。

そのときの口実は、決まっているものだった。近くの神社にお参りに行きなさいと、これである。神仏にお参りするのは信心であり、誰にも非難されないことであった。男女二人だけでも、世間に対する体裁がよかった。

そのうえ、かたちだけでも奉公人のひとりを、供につけてやる。そうすれば、男と女の二人きりということにはならない。もちろん、お供の奉公人も事情を承知しているから、邪魔をしないように心掛ける。

新三郎と志乃も、そうしたことから氷川神社へ三度ばかり、参詣に来ているのだ。お参りをすませたあとの小一時間、二人は二人きりで話し合える。人目のある場所だから、手が触れ合うことも許されない。

ただ一緒にいて、言葉を交わすだけであった。それでも婚約者同士には、このうえなく楽しいことであり、貴重な時間でもあったのだ。新三郎と志乃には、いちばんしあわせなときだったのに違いない。

だが、それは四年も前のことだった。いまはもう、会うこともない新三郎と志乃なのである。

氷川神社の神楽殿——。そこは、思い出の場所にすぎなかった。志乃にとっては生涯、忘れることのできないしあわせな思いが、そこに埋められているのだった。ただ、それだけのことなのである。

しかし、志乃の大事な思い出の場所で、小松屋五兵衛が惨殺されたのは、単なる偶然の一致だろうか。志乃の思い出の場所と、その叔父(おじ)である五兵衛の殺された場所が、同じ氷川神社の境内——。

「このまま真直ぐ、浦和へお戻りでごぜえますか。旅人さんなら、近くの賭場に寄っていきそうなもんだにな」

老婆が言った。

「この近くに、賭場があるんですかい」

姫四郎は、片目をつぶって見せた。

「北へ二丁ほどいったところに、正閑寺って古寺がごぜえましてね。そこが、大宮の親分さんの賭場に使われておりますだ」

老婆はそう説明しながら、姫四郎から渡された銭を丹念に数えていた。

「そいつは、初耳でござんすよ」

立ち上がって、姫四郎はニッと笑った。

大宮の親分とは、扇屋の文七のことであった。扇屋の文七は半月前に信州の善光寺へ旅立って留守だったが、姫四郎は三日前そこに草鞋をぬいで、今朝になって出て来たばかりということになるのである。

だが、留守を預かる代貸の金太郎から、正閑寺という賭場のことについては一言も聞かされていないのだ。

姫四郎は、そのことも気になった。

五

浦和の本陣へ戻ってみると、ちょっとした騒ぎになっていた。

志乃が、激しい腹痛を訴えているというのである。今日一日、志乃は依然として何も口にしていなかった。番茶を薄めたのを、湯呑に一杯だけ飲んだということであった。中毒ということは、あり得なかった。

「上州は板鼻の御代官陣屋から、関東取締御出役さまがこちらへ向かわれた。明日には大宮の御用宿におつきになると、知らせがございました。折角そのようになったというのに、今度は志乃がひどい苦しみようでございます」

と、小松孫兵衛はますます、苦悩の色を濃くしていた。どこまで不運が重なるのだろうと、孫兵衛も小松一族への祟りを恐れているようだった。

板鼻の代官陣屋から、関東取締出役がこっちへ向かっている。それはもちろん、小松屋五兵衛殺害事件を捜査するためであった。明日には、大宮の御用宿に到着する。明後日から関東取締出役の一行は、関係者の取調べを開始することになるだろう。

「それで、お嬢さんの具合はどんなふうなんで……」

姫四郎は、笑いのない顔になっていた。

「村上先生が付きっきりで、見て下さっております」

孫兵衛は姫四郎を促して、足早に志乃の病室へ向かった。

真っ暗になった夜の庭に、風が鳴っていた。それと対照的に、志乃が臥せっている部屋は昼間のように明るかった。座敷の隅に四本、病人の近くに三本と、計七本の燭台が置いてあるのだ。

なぜ、病室をこのように明るくしなければならないのか。その理由は確かめるまでもなく、姫四郎にはすぐにわかった。夜間であろうと、いつでも医術を施せるように、村上宗和は準備を整えているのだった。

「苦しみに疲れ、薬も効いて、ようやく眠りに落ちたところでござる」

村上宗和が、孫兵衛と姫四郎を振り返って言った。

夜具の中で、志乃が死んだように眠っている。今日一日で更に、病人らしくなっていた。このままでは短い命だと、姫四郎も思わずにはいられなかった。

「苦しみの因が何か、お見立ては叶いましたでございましょうか」

孫兵衛までが、青白い顔色になっていた。

「だいたいのところは……」

村上宗和は、姫四郎へ目を走らせた。いまは、自信ありげな宗和であった。

「ただの癪とは、違うものでございますか」

孫兵衛が訊いた。

この時代には、『癪』という言葉がよく使われた。胃袋から腹部にかけての激痛を、『癪が起きた』とか『癪を起こした』とかいう言い方で表現する。『癪』とは、今日でいう胃痙攣であった。

「癪であれば、じっとしていられないほど痛がり、苦しむものじゃ。だが、志乃どのの痛みは、そこまで激しくない。それでいて、刺すような痛みが、やむことを知らない」

村上宗和はみずからの触診を確信すると言いたげに、十本の指をしみじみと見やっていた。

「では、その刺すような痛みの因は、何なのでございましょう」

「触れてみて、見当がついた」

「どのようにでございますか」

「志乃どのの胃袋の中に、瘍のようなものができておる」

「瘍のようなものとは……？」

「つまり、デキモノのような瘍とでも、申すべきかな」

「デキモノでございますか」

「そのために、志乃どのは何かを食べる気になれぬのだ」

「先生、娘のその病(やまい)は治るのでございますか」

「心配はいりませぬぞ。江戸で同じような病人を、わしは何人となく扱っておる。そして十人のうち八人までは、治すことができました」

「どのようにして、治すことができるのでございます」

「薬だけで、充分でござる」

「さようでございますか」

「これまで志乃どのは、どこも痛まぬと言い張っておいでだった。そのために、わしも手の施しようがなかった。だが、痛みを訴えられたので、どこが悪いか明らかになった。もう、大丈夫でござる」

「さすがは江戸で評判の村上先生、浦和までおいで願っただけのことはございました」

「わしとて、これで何とか面目(めんぼく)が立ったということになる」

「ありがとうございました」

孫兵衛は、宗和の前に両手を突いた。

「姫四郎どの、心の病というのは見立て違いだったようでござるな」

村上宗和が苦笑を浮かべて、姫四郎のほうへ向き直った。

「さあ、どんなもんでござんしょうね」

姫四郎は、首をひねった。

「ほう、姫四郎どのはこの村上の見立てを、信用できぬと申されるのか」

村上宗和の顔から、一瞬にして笑いが消えていた。

「残念ながら、胃袋の中のデキモノってお見立てには、承服しかねやすね」

姫四郎は、志乃の寝顔へ視線を向けた。

「何ゆえに、承服できぬと申されるのか」

宗和は、表情を険しくした。

「触れてみただけで、胃袋の中のデキモノなんぞが、わかるはずはござんせん」

「しかし、わしはこれまでに何度も、正しい見立てをして来ておる」

「正しい見立てかどうかは、胃袋を切り裂いて中をのぞいてみねえ限りは、わからねえことでござんしょう」

「それは……」

「胃袋の中にデキモノがあるんなら、今日になって急に痛くなったりはしませんよ。お嬢さんが昨日まで、まったく痛みを訴えなかったのは、どういうわけなんでござんす」

「逆に、わしから尋ねたい。志乃どのが訴える痛みの因は、いったいどこにあるのじゃな」

「心の病が、腹に痛みを起こすことだってあるんでさあ。悩み事や心配が嵩じると、胸や腹がシクシク刺すように痛くなる。多分、その痛みが激しくなったんでござんすよ。明日には、関東取締出役が大宮につく。明後日からは、お調べが始まる。お嬢さんも、関東取締出役からあれこれと尋ねられる。そのことが苦になってお嬢さんは、急に腹が痛み出したんでござんしょう」

姫四郎はそう言いながら、考え込む目つきになっていた。

村上宗和は、沈黙した。

「八州さまのお調べを、娘がどうして苦にしなければならないのですか」

孫兵衛が、姫四郎に質問した。

「明日まで、待っておくんなはい。お嬢さんの心の病を、必ず治して差し上げやしょう」

意を決したようにうなずくと、姫四郎は胸を張ってそう言った。志乃は関東取締出役の取調べを受けることを、腹が痛くなるくらい恐れている。そうと知ったとき、姫四郎の推理もかなり明確にまとまったのであった。

翌日、姫四郎は再び浦和をあとに、北へ向かった。浦和から一里と十丁、五キロたらずで大宮である。姫四郎が目ざしたのは、扇屋の文七親分の住まいであった。

扇屋の文七は六十も半ばをすぎていて、話もわかるし分別もある老親分だった。その代わり大した勢力を持たない貸元で、身内は十人ほどの人数しかいなかった。地元でも、評判の悪くない一家であった。

扇屋の文七は半月前に大宮を出立して、信州の善光寺へ向かった。仲のいい親分衆のところに、顔を出しながらの善光寺参りだという。身内の半分に相当する五人の子分が、文七に同行しているのだった。

留守を任されているのは代貸の金太郎で、ほかに若い者が四人ばかりいた。半月前に旅に出た文七親分とその一行には、関わりのないことである。用があるのは、留守を任されている連中なのだ。

姫四郎を迎えて、代貸の金太郎は戸惑った顔でいた。当然である。昨日ここを出ていった旅人が、今日になってまた姿を現わしたからだった。忘れものでもしたのだろうかと、金太郎は思ったに違いない。

「これはこれは、乙姫さん」

金太郎は、愛想笑いを浮かべていた。

「すぐに、仕度をしておくんなはい」

姫四郎は言った。

「仕度……？」

金太郎は、面喰らった顔になった。

「おめえさんたちを、関東取締出役に引き渡さなくちゃあならねえんでね」

姫四郎はニヤリとした。

「何だと！」

はじかれたように、金太郎は立ち上がった。

「小松屋五兵衛さんを手にかけたのは、おめえさんたちじゃあねえですかい」

姫四郎は、背後を見やった。四人の若い者が真っ青な顔になって長脇差を抜いたところだった。金太郎も、色を失っている。これで連中は五兵衛殺しを認めたようなものだと、姫四郎は会心の笑みを洩らしていた。

「あの晩、正閑寺の賭場には、堅気の旦那衆ばかりを集めて、割りのいい盆を開きなすったんでござんしょう。親分の留守中に派手に稼いで、男を上げようなんて思ったんじゃあねえですかい」

姫四郎は土間に、突っ立ったままでいた。

「だったら、どうだってんだい！」

金太郎が、板の間に転がっていた六尺棒を、拾い上げた。

「旦那衆の中に、小松屋五兵衛さんもいなすった。その五兵衛さんにツキが回って、ひとり勝ちってことになったんでござんしょうねえ」

「お開きになるまで勝ちっぱなしで、小松屋五兵衛は八百両もかっさらっていきやがった。それじゃあまるで、賭場荒らしにやられたのも変わらねえ。扇屋一家の顔にも関わることだし、ほかの旦那衆にも申し訳が立たねえ」

「それで、おめえさんたちは五兵衛さんのあとを追い、氷川神社の境内へ連れ込んで、なぶり殺しにしたうえに八百両を奪い取ったってわけでござんすね」

「乙姫！　おめえには関わりのねえことだろう！」

「五兵衛さんが殺されたと聞いて、ほかの旦那衆にはおめえさんたちの仕業だと察しがついたはずだ。だが、そこは堅気の旦那衆、賭場に出入りしていたことを世間に知られたくはねえ。関わり合いになることも、恐ろしかったに違いねえ。それで今日まで、五兵衛さん殺しについちゃあ、一言も口にしなかったんだろうよ」

「野郎！」

金太郎が六尺棒を振り回して、土間へ飛びおりて来た。

「おめえさんたちを、死なせるわけにはいかねえのよ」

クスッと笑って姫四郎は、長脇差の柄を左の逆手に握っていた。

六

左手で抜き放った長脇差が、六尺棒を、真二つに切断していた。金太郎には、後退する余裕もなかった。あっという顔になって金太郎は、両手に残った六尺棒を投げつけようとした。

だが、それよりも早く姫四郎の長脇差が、金太郎の顔を叩いていた。金太郎は、悲鳴を上げて尻餅をついた。峰打ちであったが、金太郎の顔は血で染まっていた。

鼻と左頬（ひだりほお）の骨を砕かれたのである。

その首筋に、姫四郎は一撃を加えた。金太郎は、意識を失った。同時に左右から二人が斬りつけて来たが、長脇差の狙いも定まっていなかった。二人とも酔っているみたいに、腰がふらふらしているのだった。

姫四郎は悪戯（いたずら）っぽく笑いながら、一方の男の脇腹へ長脇差の峰打ちを喰らわせた。その男は俯伏（うつぶ）せに倒れ込み、死んだように動かなくなった。

もうひとりの男は肩口に峰打ちを喰らって、壁のほうへのめっていった。頭から板壁に激突した男は、その瞬間に気絶したようだった。

残った二人は、逃げ出そうとした。

姫四郎は長脇差を胸の側面と太腿（ふともも）に狙いをつけて、背後から峰打ちを振るった。肋骨（あばら）を何枚か折られたひとりが、ぶつかった腰高障子（こしだかしょうじ）ごと倒れ込んで、路上へ飛び出した。もちろん、気を失っていた。

太腿を打ち砕かれた男は、足を投げ出すようにしてすわり込んだ。意識はしっかりしているが、動くことはできなかった。男は激痛の余り、泣き叫んでいた。

姫四郎は、家の外へ出た。

すでに、人だかりがしていた。姫四郎が頼むまでもなく、何人かが問屋場へ走ったようだった。間もなく、問屋場から年寄という職名の宿役人が駆けつけて来た。姫四郎はこの五人が小松屋五兵衛殺しの下手人なので、関東取締出役に引き渡すようにと伝えて、さっさと大宮宿をあとにした。

途中、氷川神社に寄って姫四郎は、浦和の本陣へ引き揚げて来た。姫四郎は別室で、孫兵衛と話し合うことにした。志乃には聞かせたくない話も、あったからだった。姫四郎と孫兵衛のほかに、村上宗和が同席した。

姫四郎はまず、小松屋五兵衛が誰になぜ殺されたかということについて、孫兵衛に詳しい事情を話して聞かせた。緊張しきった面持ちで話を耳に入れながら、孫兵衛は赤くなったり青くなったりであった。

「弟が賭場へ出向いたなどとは、とても信じられないことでございます」

孫兵衛は暗い眼差しで、深々と溜め息をついた。

「ソロバンに合わねえ人情商売を続けていたせいで、小松屋さんの内情はたいそう苦しかったらしいと、もっぱらの評判でござんすよ」

姫四郎は言った。

「そうした話は、わたくしも耳にしておりました。しかし、そこまで切羽詰まっているとは、思ってもみなかった」

孫兵衛は、首を振った。

「何しろ、仏の五兵衛さんと言われるようなお人でござんすから、無理に無理を重ねておいでだったんでしょう」

姫四郎は、包みのようにまるめた道中合羽（どうちゅうがっぱ）を、引き寄せていた。

「それにしても、賭場で金の都合をつけようとするくらいなら、その前にどうしてわたくしのところへ相談にこなかったのでございましょう」

「たとえ実の兄だろうと、金の話は持ち込みたくねえ。そこがまた、五兵衛さんのいいところなんじゃあねえんですかい」

「たかが八百両のために、あのような惨（むご）い殺され方をして……」

「そいつはともかく、お嬢さんの胸のうちを察しておやりにならなかったのは、旦那の手落ちってもんでござんしょうよ」

「娘の胸のうちとは……」

「お嬢さんは未だに、武州屋の新三郎さんのことを、忘れちゃあいなかったんでござんすよ」

「え……？」

「新三郎さんのほうも、同じ気持ちなんでござんしょうね。武州屋の跡継ぎになったいまでも、新三郎さんは嫁をもらいたがらねえと聞いておりやす。そうと知りゃあなおさらのこと、お嬢さんの新三郎さんへの思いはつのるばかりでさあ」

「そのように志乃は、思いつめておったのでございますか」

「妹の奈可さんが、間もなく婿を取る。そうなりゃあ志乃さんは、武州屋へ嫁入りしても差し支えはねえはずだ。それなのに志乃さんは『風』という茶碗のお守り役としてここに留まり、新三郎さんとも会えねえままに年をとっていかなくっちゃあならねえ」

「そのことについては、わたくしも不憫でなりませんでした。しかし、これだけは真田のお殿さまからのお言葉もあり、どうすることもできなかったのでございます」

「志乃さんもそうと気づいて、こいつはどうにかしなけりゃあならねえと、思ったんでござんしょうね」

「え……？」

「例の茶碗さえなければ、志乃さんは武州屋へ嫁にいける。男恋しさの一念から志乃さんは『風』を始末してしまおうって気を起こしたんですぜ」

「何ですって！」

「御本陣から何者かが、『颪』を盗み出した。そうなったらもう、『颪』の守り役なんて不要でさあ。志乃さんも武州屋の嫁になることができると、夢中でその気になっちまったんでござんしょう」

「まさか、志乃が『颪』を……」

「その、まさかなんでござんすよ。『颪』を持ち出して、誰にも知られねえようなところに隠したのは、志乃さんだったってことになりやすんで……」

「志乃はいったい『颪』を、どこに隠したのでございましょうか」

「ここからちょいと離れている場所で、志乃さんがよく知っていなさるところってえと、ひとつしかござんせん。それも志乃さんには生涯、忘れることのできねえ場所なんでさあ」

「氷川神社……」

「へい」

「氷川神社のどこかに、『颪』が隠してあるのでございますね」

孫兵衛は、腰を浮かせていた。

「氷川神社の神楽殿の床下に、これが埋めてありやした」

姫四郎は、まるめてある道中合羽を広げた。そこに包み込まれていたのは、桐の箱であった。箱の蓋には『風』という字が書いてあり、横に並べた六文銭の紋所が記されていた。

　孫兵衛は震える手でヒモを解き、蓋をはずして中身の茶碗を取り出した。孫兵衛の目は輝き、頬が紅潮していた。真田幸教から賜わった『風』に間違いないことを、孫兵衛は確認したに違いない。

「ありがとうございます。これで、救われました」

　孫兵衛が、泣き出しそうな顔で言った。

「姫四郎どの、志乃どのの心の病とは新三郎と申す者への思いがつのってのことと、解釈してよろしいのかな」

　村上宗和が、口を開いた。

「新三郎ってお人への思いだけなら、いまに始まったことじゃあござんせんし、食べものも喉を通らねえほどには、重い病にならなかったはずでさあ」

　姫四郎は首を振って、新たに説明を始めた。

　夜遅くなって『風』を持ち出した志乃は、その足で半里ほど北にある氷川神社へ向かった。人気のない闇の中はおそろしかったが、志乃はもう必死の思いだったのである。氷川神社の神楽殿の床下に、志乃は『風』を箱ごと埋めた。

だが、そのとき志乃の目の前で、予期していなかった異常な出来事が起こったのだ。五人の渡世人が刺したり斬ったりして、ひとりの商人を惨殺したのである。しかも、その商人は志乃の叔父だった。

目のあたり殺人現場を見てしまったことも、志乃にとってはこのうえないショックであった。それに加えて、目撃したことを口外できない事情があったのだ。目撃した事実を喋れば志乃が『風』を持ち出して氷川神社の境内に埋めたことも、また発覚するのである。

それに小松屋五兵衛が賭場に出入りしていたことも、世間に知れ渡るだろう。そうなれば、御本陣職である父の孫兵衛にも迷惑が及ぶ。小松家の名誉と権威に、傷がつくことになる。

絶対に秘密として、守り通さなければならない。だが、そうすれば叔父の霊は浮かばれないだろうし、殺人者たちを見逃がすことにもなる。そうした気持ちの板ばさみに苦悩し、志乃の繊細な神経はズタズタになってしまったのである。

「なるほど姫四郎どのが申されたとおり、五兵衛どのの殺害、『風』の盗難、志乃どのの奇病の三つは、つながっていたのでござるな」

唸るような声で、村上宗和が言った。

「五兵衛さん殺しの下手人がお縄になったと聞けば、志乃さんの病はすぐによくなりまさあ。あとは志乃さんを何とか、武州屋へ嫁入りさせることでござんしょう」

姫四郎は、ニッと笑った。

翌日、姫四郎と村上宗和は浦和の本陣を出て、江戸の方角へ向かった。しかし姫四郎が宗和とその内弟子たちと一緒だったのは、戸田の渡しまでであった。姫四郎は川口へ、足を向けるつもりだったのだ。

「瘍医とは、心の病まで治せぬものか。面目をなくしたまま別れることになるが、姫四郎どのはこれからいずこへと向かわれる」

村上宗和が言った。

「流れの旅でさあ」

ニヤリとしたあと、背を向けて歩き出した乙井の姫四郎は、二度と振り返らなかった。

因に、江戸時代の医学も一応、外科は『瘍科』、内科は『内科』、小児科は『治児』とか『幼児科』、産婦人科は『産科』とか『女科』というふうに分けられていたのである。

コスミック・時代文庫

姫四郎流れ旅（二）
中仙道はぐれ鳥

2024年1月25日　初版発行

【著者】
笹沢左保

【発行者】
佐藤広野

【発行】
株式会社コスミック出版
〒154-0002 東京都世田谷区下馬 6-15-4
代表　TEL.03(5432)7081
営業　TEL.03(5432)7084
　　　FAX.03(5432)7088
編集　TEL.03(5432)7086
　　　FAX.03(5432)7090
【ホームページ】
https://www.cosmicpub.com/
【振替口座】
00110-8-611382
【印刷／製本】
中央精版印刷株式会社

乱丁・落丁本は、小社へ直接お送り下さい。郵送料小社負担にて
お取り替え致します。定価はカバーに表示してあります。
© 2024 Sahoko Sasazawa

ISBN978-4-7747-6528-0 C0193

笹沢左保 の名作、再び！

傑作長編時代小説

右手で人を生かし、左手で人を斬る!!

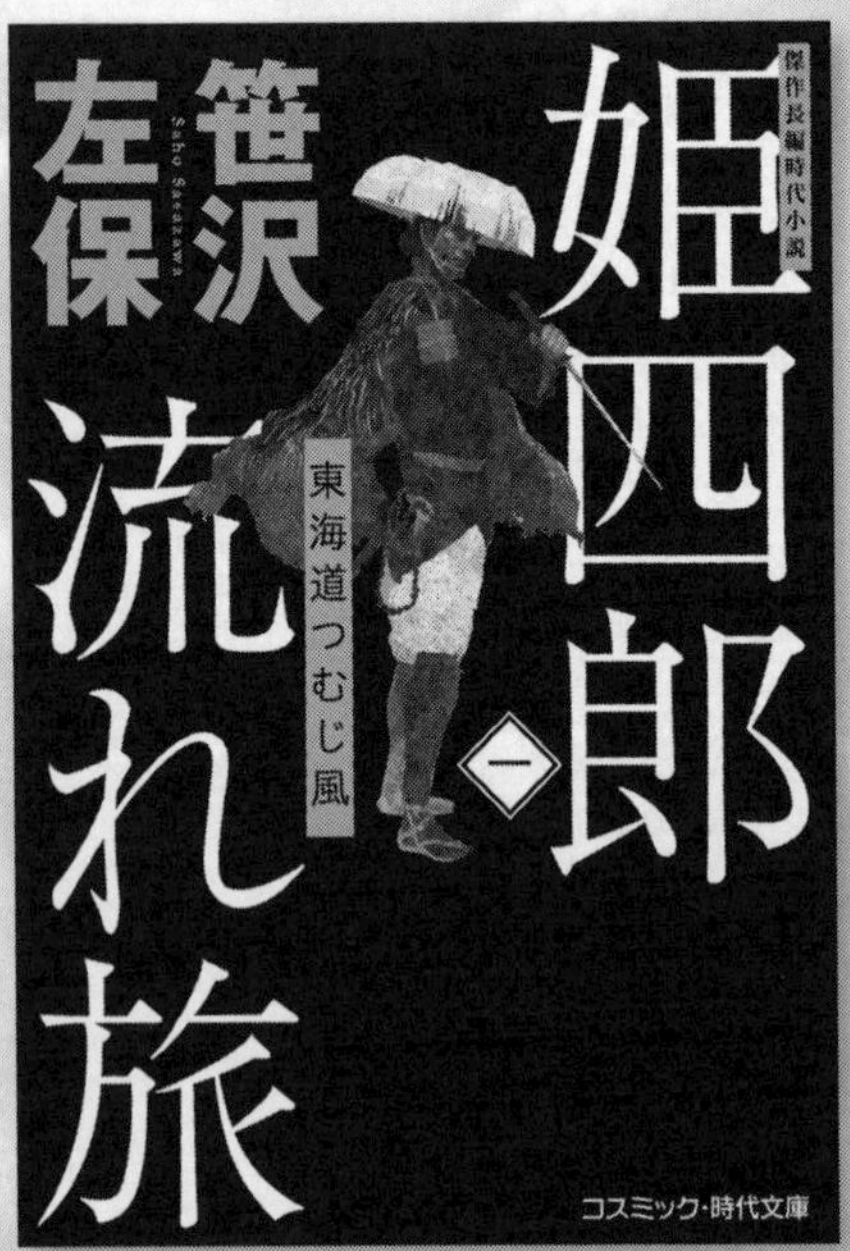

姫四郎流れ旅
東海道つむじ風

野州河内郡乙井の姫四郎、人呼んで“乙姫”。ひとたび逆鱗に触れると左手で握った長脇差を容赦なくふるい、決して長脇差を持つことのない数珠を巻いた右手で医療を施す。人を生かすも殺すも道楽にすぎず、生きるも死ぬも大差はない、とうそぶく姫四郎。東海道を渡り歩く、生きて明日なき流れ旅――。

絶賛発売中！

お問い合わせはコスミック出版販売部へ！
TEL 03(5432)7084
http:/[illegible]cosmicpub.com/